Trilogía de Caspak 2
Los Pueblos que el Tiempo Olvidó

Por

Edgar Rice Burroughs

Capítulo I

Me veo obligado a admitir que aunque había recorrido una larga distancia para entregar el manuscrito de Bowen Tyler a su padre, todavía me sentía un poco escéptico en lo referido a su sinceridad, ya que no podía dejar de recordar que no habían pasado demasiados años desde que Bowen fuera uno de los bromistas más notables de su alma mater. Lo cierto es que mientras estaba sentado en la biblioteca Tyler en Santa Mónica, comencé a sentirme un poco tonto y a desear haber enviado el manuscrito por correo en vez de entregarlo personalmente, pues confieso que no me gusta que se rían de mí. Tengo un sentido del humor muy bien desarrollado… cuando la broma no es a mi costa.

Esperábamos al señor Tyler sénior de un momento a otro. El último vapor de Honolulú había traído la información de la fecha de llegada prevista para su yate, el Toreador, que ahora traía veinticuatro horas de retraso. El secretario del señor Tyler, que se había quedado en casa, me aseguró de que no había ninguna duda de que el Toreador había zarpado según lo prometido, ya que conocía a su jefe lo bastante bien para estar seguro de que tan sólo un acto de Dios sería capaz de impedirle que hiciera lo que había planeado hacer. Yo también era consciente de que el telégrafo del Toreador estaba sellado, y que sólo se utilizaría en caso de extrema necesidad. Por tanto, no había otra cosa que hacer sino esperar, y esperamos. Discutimos sobre el manuscrito y aventuramos algunas suposiciones referidas a él y a los extraños acontecimientos que relataba. El hundimiento por un torpedo del barco en el que Bowen J. Tyler Jr. viajaba a Francia para unirse al cuerpo de ambulancias norteamericano era bien sabido, y por medio de un cable a las oficinas en Nueva York de los propietarios yo había podido establecer que una señorita La Rué se encontraba en efecto entre el pasaje. Aún más, ni ella ni Bowen aparecían mencionados en la lista de supervivientes: tampoco se habían recuperado sus cadáveres.

Era perfectamente posible que hubieran sido rescatados por un remolcador inglés, y la captura del U-33 enemigo por parte de la tripulación del remolcador no era descabellada tampoco; y sus aventuras durante el peligroso viaje que la traición y el engaño de Benson extendió hasta que se encontraron en aguas del lejano Pacífico Sur sin provisiones y con los depósitos de agua envenenados, aunque bordeaban lo fantástico, parecían bastante lógicas según eran narradas, caso a caso, en el manuscrito.

Caprona siempre ha sido considerada una tierra más o menos mítica, aunque fuera descubierta por un eminente navegante del siglo dieciocho; pero la narración de Bowen hacía que pareciera muy real, no importaba cuántas millas de desconocido océano se interpusieran entre nosotros. Sí, la narración nos hizo pensar. Estábamos de acuerdo en que en su mayor parte era improbable; pero ninguno de nosotros podía decir que nada de lo que contenía estuviera por encima de lo posible. Las extrañas flora y fauna de Caspak eran tan posibles bajo las densas y cálidas condiciones atmosféricas del cráter supercalentado como lo fueron en la era Mesozoica bajo condiciones casi exactamente similares, que entonces probablemente se extendían a todo el mundo. El secretario había oído hablar de Caproni y sus descubrimientos, pero admitía que nunca había dado mucho crédito a una cosa ni a otra. Estábamos de acuerdo en que lo que más costaba trabajo de entender era la total ausencia de humanos jóvenes entre las diversas tribus con las que Tyler se había relacionado. Era lo único que no tenía sentido en el manuscrito. ¡Un mundo de adultos! Era imposible.

Especulamos sobre el probable destino de Bowen y su grupo de marineros ingleses. Tyler había encontrado las tumbas de dos de ellos; ¡cuántos más podrían haber perecido! Y la señorita La Rué… ¿podría una joven haber sobrevivido a los horrores de Caspak después de haber sido separada de todos los de su propia especie? El secretario se preguntaba si Nobs estaba todavía con vida, y ambos sonreímos ante esta táctica aceptación de la verdad de toda la increíble historia.

—Supongo que soy un bobo -observó el secretario-, pero por Júpiter, no puedo dejar de creerlo, y puedo ver a esa muchacha ahora, con el gran perrazo a su lado protegiéndola de los terrores de hace un millón de años. Puedo ver la escena entera: los simiescos hombres de Grimaldi acurrucados en sus sucias cuevas; los enormes pterodáctilos surcando el denso aire con sus alas de murciélago; los poderosos dinosaurios moviendo sus torpes moles bajo las oscuras sombras de los bosques preglaciares… los dragones que considerábamos mitos hasta que la ciencia nos enseñó que eran los auténticos recuerdos del primer hombre, transmitidos a través de incontables generaciones de padres a hijos desde el amanecer de la humanidad.

—Es estupendo… si es cierto -repliqué yo-. ¡Y pensar que posiblemente todavía estén vivos, Tyler y la señorita La Rué, rodeados de horribles peligros, y que posiblemente Bradley viva todavía, y algunos miembros de su grupo! No puedo dejar de desear continuamente que Bowen y la chica hayan encontrado a los demás; por lo último que supo Bowen de ellos, quedaban seis: el contramaestre Bradley, el maquinista Olson, y Wilson, Whitely, Brady y Sinclair. Podrían albergar alguna esperanza si pudieran unir sus fuerzas. Pero separados, me temo que no podrían durar mucho.

—¡Si no hubieran dejado que los prisioneros alemanes capturaran el U-33! Bowen tendría que haber tenido más sentido y no haber confiado en ellos. Es muy posible que von Schoenvorst consiguiera regresar a Kiel y ahora mismo ande por ahí con una Cruz de Hierro colgada del cuello. Con un gran suministro de petróleo de los pozos que descubrieron en Caspak, con agua y provisiones de sobra, no hay ningún motivo para que no pudieran atravesar el túnel sumergido bajo los acantilados y escapar.

—No me caen nada bien -dijo el secretario-, pero a veces hay que reconocerles el mérito.

—Sí -gruñí yo-. ¡Y no hay nada que me guste más que reconocérselo como se merecen!

Entonces sonó el teléfono.

Lo atendió el secretario, y mientras yo lo miraba, vi que abría la boca y la cara se le ponía blanca.

—¡Dios mío! -exclamó mientras colgaba el receptor, como si estuviera en trance-. ¡No puede ser!

—¿Qué? -pregunté.

—El señor Tyler está muerto -respondió con voz apagada-. Murió en el mar, de repente, ayer.

Ocupamos los diez días siguientes enterrando al señor Bowen J. Tyler Sénior, y haciendo planes para el rescate de su hijo. Tom Billings, el secretario del difunto señor Tyler, se encargó de todo. Es la fuerza, la energía, la iniciativa y el buen juicio personificados. Nunca he visto a un joven más dinámico. Manejó abogados, juicios y notarios como un escultor maneja su barro para esculpir. Los manejó, les dio forma y los obligó a cumplir su voluntad. Había sido compañero de facultad de Bowen Tyler, y hermano de su fraternidad, y antes de eso había sido un pobre vaquero sin recursos en uno de los grandes ranchos Tyler. El señor Tyler Sénior lo había elegido entre miles de empleados y lo había ayudado; o más bien Tyler le había dado la oportunidad, y luego Billings se hizo a sí mismo. Tyler Júnior, tan buen juez de hombres como su padre, se había hecho amigo suyo, y entre los dos habían forjado a un hombre que habría muerto por Tyler tan rápidamente como lo habría hecho por su bandera. Sin embargo no había nada de extravagante ni de engreído en Billings: normalmente no muestro mi entusiasmo hacia nadie, pero Billings es lo más cerca que considero de cómo es un hombre normal y corriente. Me arriesgo a decir que antes de que Bowen J. Tyler lo enviara a la universidad nunca había oído la palabra ética, y sin embargo estoy igualmente seguro de que en toda su vida no ha transgredido nunca el código ético de un caballero americano.

Diez días después de que desembarcaran el cadáver del señor Tyler del

Toreador, zarpamos al Pacífico en busca de Caprona. Éramos un grupo de cuarenta, incluyendo al capitán y la tripulación del Toreador; el indomable Billings iba al mando. Hicimos una larga y aburrida búsqueda de Caprona, pues el viejo mapa que el secretario había localizado por fin era impreciso. Cuando sus ominosas murallas por fin se alzaron ante nosotros entre las brumas del océano, estábamos tan lejos al sur que era difícil decidir si nos encontrábamos en el Pacífico Sur o en la Antártida. Los icebergs eran numerosos, y hacía mucho frío.

Durante todo el viaje Billings había evadido las preguntas referidas a cómo íbamos a entrar en Caspak después de que encontráramos Caprona. El manuscrito de Bowen Tyler dejaba perfectamente claro que el río subterráneo era el único medio de entrada o salida al mundo-cráter más allá de los inexpugnables acantilados. El grupo de Tyler había podido navegar por este canal porque su navío era un submarino: pero el Toreador podría haber volado con la misma facilidad por encima de los acantilados que navegado bajo ellos. Jimmy Hollis y Colin Short mataron muchas horas inventando planes para superar el obstáculo que suponía aquella barrera de acantilados, y haciendo ridículas apuestas sobre cuál de ellas unía en mente Tom Billings. Pero en cuanto nos aseguramos de que habíamos llegado a Caprona, Billings nos convocó a todos.

—No tenía sentido hablar de estas cosas hasta que encontráramos la isla - dijo-. En el mejor de los casos, no pueden ser sino conjeturas por nuestra parte hasta que hayamos podido escrutar la costa de cerca. Cada uno de nosotros se ha formado una imagen mental de la costa caproniana u partir del manuscrito de Bowen, y no es probable que haya dos imágenes iguales, o que ninguna de ellas se parezca a la costa tal como la vemos. Tengo previstos tres planes para escalar los acantilados y los medios para ejecutar cada uno de ellos están en la bodega. Hay un torno eléctrico con suficiente cable aislante para llegar desde las dinamos del barco a lo alto del acantilado cuando el Toreador esté anclado a distancia segura de la costa, y suficientes varas de hierro de media pulgada para construir una escalera desde la base a lo alto del acantilado. Sería un trabajo largo, duro y peligroso taladrar los agujeros e insertar los peldaños de la escalera desde el pie hasta arriba: sin embargo, puede hacerse.

»También tengo un mortero con el que podríamos lanzar un cable hasta la cumbre del acantilado: pero este plan necesitaría que uno de nosotros escalara hasta lo alto con la posibilidad más que aparente de que la cuerda se cortara en lo alto, o que los ganchos del extremo superior resbalaran.

»Mi tercer plan me parece el más factible. Todos han visto el gran número de cajas que introdujimos en la bodega antes de zarpar. Sé que lo hicieron, porque me han preguntado por su contenido y comentaron qué significaba la gran letra «H» pintada en cada caja. Esas cajas contienen las partes de un hidroavión. Propongo montarlo en la franja de playa que se describe en el manuscrito de Bowen… la playa donde encontró el cadáver del hombre simiesco, suponiendo que haya suficiente espacio sobre el agua. De lo contrario, tendremos que montarlo en cubierta y bajarlo por la borda. Después de que esté montado, llevaré cuerda y aparejos a lo alto del acantilado, y luego será relativamente simple subir al grupo de búsqueda y sus suministros de manera segura. O puedo hacer un número suficiente de viajes y desembarcar a todo el grupo en el valle más allá de la barrera: todo dependerá, naturalmente, de lo que revele mi primera exploración.

Esa tarde navegamos lentamente a lo largo de la alta barrera de Caprona.

—Ahora ven ustedes -observó Billings mientras doblábamos el cuello para observar la cumbre situada a cientos de metros sobre nosotros-, lo inútil que habría sido perder el tiempo elaborando los detalles de un plan para superar esta barrera -e indicó con el pulgar los acantilados-. Harían falta semanas, probablemente meses, para construir una escala hasta la cima. No imaginaba su formidable altura. Nuestro mortero no podría llevar una cuerda a la mitad de la cima del punto más bajo. No tiene sentido discutir otro plan más que el del hidroavión. Localizaremos la playa y nos pondremos manos a la obra.

A la mañana siguiente el vigía anunció que podía ver olas a una milla por delante: y al acercarnos, vimos la línea de la rompiente de una estrecha playa. Arriamos un bote, y cinco de nosotros desembarcamos, dándonos un chapuzón en las aguas heladas al hacerlo; pero fuimos recompensados por el hallazgo, cerca de la base del acantilado, de los huesos mondados de lo que podría haber sido el esqueleto de una orden superior de simios o de una orden muy baja de hombre.

Billings se dio por satisfecho, igual que el resto de nosotros, de que ésta era la playa mencionada por Bowen, y después descubrimos que había espacio de sobra para montar el hidroavión.

Tras haber tomado su decisión, Billings no perdió el tiempo, y antes de media tarde habíamos desembarcado todas las grandes cajas marcadas «H», y nos dispusimos a abrirlas. Dos días más tarde el avión estaba montado y puesto a punto. Cargamos aparejos y cuerdas, agua, comida y municiones, y luego cada uno de nosotros imploró a Billings que nos dejara ser su acompañante. Pero él no quiso llevar a nadie. Así era Billings: si había un trabajo especialmente difícil o peligroso que hacer, Billings siempre lo hacía él mismo. Si necesitaba ayuda, nunca pedía voluntarios: sólo seleccionaba al hombre u hombres que consideraba mejores cualificados para el trabajo. Decía que consideraba que los principios donde se entendía que todos eran voluntarios era fundamentalmente equivocado, y que le parecía que pedir voluntarios reflejaba el valor y la lealtad de todo el mando.

Empujamos el avión hasta el borde del agua, y Billings ocupó el asiento del piloto. Hubo un momento de retraso mientras se aseguraba de que tenía todo lo necesario. Jimmy Hollis repasó su armamento y municiones para asegurarse de que no se había omitido nada. Además de la pistola y el rifle, contaba con la ametralladora montada en el avión, y munición para las tres. El relato de los terrores de Caspak que había hecho Bowen nos había impresionado a todos y éramos conscientes de la necesidad de tener los medios de defensa adecuados.

Por fin todo estuvo preparado. El motor arrancó, y empujamos el avión contra las olas. Un momento después, y el avión navegaba mar adentro. Suavemente se elevó de la superficie del agua, ejecutó una amplia espiral mientras ascendía veloz, trazó un círculo muy por encima de nosotros y desapareció sobre la cima de los acantilados. Todos permanecimos en silencio y expectantes, los ojos pegados en la torre que se alzaba sobre nosotros.

Hollis, que ahora estaba al mando, consultaba su reloj de muñeca a intervalos frecuentes.

—¡Tranquilo, tendremos noticias suyas dentro de poco! -exclamó Short.

Hollis se rio, nervioso.

—Se marchó hace sólo diez minutos -anunció.

—Parece una hora -replicó Short.

—¿Qué es eso? ¿Habéis oído? ¡Está disparando! ¡Es la ametralladora! ¡Oh, Dios, y nosotros aquí tan indefensos como un puñado de ancianas a mil kilómetros de distancia! No podemos hacer nada. No sabemos qué está pasando. ¿Por qué no dejó que uno de nosotros lo acompañara?

Sí, era la ametralladora. Pudimos oírla claramente durante al menos un minuto. Entonces se produjo el silencio.

Eso fue hace dos semanas.

No hemos tenido noticias ni señales de Tom Billings desde entonces.

Capítulo II

Nunca olvidaré mis primeras impresiones de Caspak mientras sobrevolaba los altos acantilados que la rodean. Desde el avión contemplé, a través de la niebla, el paisaje difuso a mis pies. La atmósfera caliente y húmeda de Caspak se condensa al ser empujada por las frías corrientes de aire antárticas que barren la cima del cráter, enviando un tenue lazo de vapor al Pacífico. A través de esto la imagen producía la impresión de un colosal lienzo impresionista con verdes y marrones y escarlatas y amarillos rodeando el azul profundo del mar interior… apenas manchas de color brotando de la bruma impenetrable.

Me acerqué a los arrecifes y los sobrevolé durante varios minutos sin encontrar la menor indicación de un lugar adecuado donde aterrizar; y entonces descendí a un nivel inferior, buscando un claro cerca del pie del poderoso promontorio. Pero no pude encontrar ninguno seguro. Volaba ya bastante bajo, no sólo buscando un sitio para aterrizar sino observando las múltiples vidas que había a mi alrededor. Me hallaba hacia el sur de la isla, donde un brazo del lago se extiende tierra adentro, y podía ver la superficie del agua literalmente negra con criaturas de algún tipo. Estaba demasiado lejos para reconocer a los individuos, pero la impresión general era la de un enorme ejército de monstruos anfibios. La tierra estaba casi igualmente viva con seres que reptaban, corrían, saltaban o volaban. Fue uno de estos últimos quien casi acabó conmigo mientras tenía puesta la atención en la extraña escena de abajo.

La primera impresión que tuve fue la súbita desaparición de la luz del sol encima, y cuando alcé la cabeza vi a la más terrible criatura cerniéndose sobre mí. Debía tener más de dos metros y medio desde el extremo de su largo y horrible pico hasta la punta de su gruesa y corta cola, con una distancia igual entre sus alas. Venía directamente hacia mí y siseaba terriblemente: pude oírlo por encima del rugido del motor. Venía derecho hacia la boca de la ametralladora y la golpeó con el pecho: pero siguió atacándome, y no tuve más remedio que descender y girar, aunque estaba peligrosamente cerca del suelo.

La criatura no me alcanzó por unos pocos metros, y cuando me elevé, giró y me siguió, pero sólo hasta el aire más frío cercano al nivel de la cima de los acantilados: allí volvió a girar y se marchó. Algo (el amor natural del hombre por la batalla y la caza, supongo) me impulsó a perseguirla, y por eso yo también di la vuelta y descendí.

En el momento en que llegué a la cálida atmósfera de Caspak, la criatura vino de nuevo al ataque, alzándose para poder cernirse sobre mí. Nada podría haber venido mejor a mi armamento, ya que la ametralladora apuntaba hacia arriba en posición fija y no podía ser bajada ni elevada por el piloto. Si hubiera traído a alguien conmigo, podríamos haber abatido al gran reptil casi desde cualquier posición, pero como la manera de atacar de la criatura era siempre desde arriba, siempre me encontraba preparado con una andanada de balas. La batalla debió durar un minuto o más antes de que el animal girara por completo en el aire y cayera al suelo.

Bowen y yo fuimos compañeros de habitación en la universidad, y aprendí mucho de él además de mi curso regular. Era un estudiante bastante bueno a pesar de su gusto por la diversión, y su hobby particular era la paleontología.

Solía hablarme de las diversas formas de vida animal y vegetal que habían cubierto el globo durante eras anteriores, y por eso yo estaba bien familiarizado con los peces, anfibios, reptiles y mamíferos de épocas paleolíticas. Sabía que el animal que me había atacado era una especie de pterodáctilo que tendría que haberse extinguido hace millones de años. Fue todo lo que necesitaba para comprender que Bowen no había exagerado nada en su manuscrito.

Tras haber eliminado a mi primer enemigo, me dispuse una vez más a buscar un sitio donde aterrizar cerca de la base de los acantilados más allá de los cuales me esperaba mi grupo. Sabía lo ansiosos que estarían, y yo estaba igualmente deseando tranquilizarlos y traerlos a Caspak junto con nuestros suministros, para poder dedicarnos a buscar y rescatar a Bowen Tyler, pero el cadáver del pterodáctilo apenas había acabado de caer cuando de pronto me vi rodeado de al menos una docena de horribles criaturas, unas grandes, otras pequeñas, pero todas empeñadas en destruirme.

No podía enfrentarme a todas, así que me elevé rápidamente para dirigirme a los estratos más fríos donde no se atrevían a seguirme; y entonces recordé que el relato de Bowen indicaba claramente que cuanto más al norte se viajaba en Caspak, menos eran los terribles reptiles que hacían imposible la vida humana en el extremo sur de la isla.

Parecía que ahora no podía hacer otra cosa sino buscar un lugar de aterrizaje más al norte y luego regresar al Toreador y transportar a mis compañeros, de dos en dos, por encima de los acantilados y depositarlos en el punto de encuentro. Mientras volaba hacia el norte, la tentación de explorar me abrumó. Sabía que podía cubrir fácilmente Caspak y regresar a la playa con menos combustible del que tenía en mis depósitos; y además existía la esperanza de que pudiera encontrar a Bowen o a alguien de su grupo. La amplia expansión del mar interior me atraía sobre sus aguas, y mientras lo cruzaba, vi en cada extremo del gran cuerpo de agua una isla: una al sur y otra al norte; pero no alteré mi curso para examinarlas de cerca, dejándolo para un momento posterior.

La orilla más lejana del mar reveló una franja de tierra mucho más estrecha entre los acantilados y el agua que en el lado occidental: pero era un territorio más montañoso y abierto. Había espléndidos sitios donde aterrizar, y en la distancia, hacia el norte, me pareció atisbar un poblado, aunque de eso no pude estar seguro. Sin embargo, mientras me acercaba a tierra, vi varias figuras humanas persiguiendo aparentemente a otra a través de un ancho prado.

Mientras descendía para verlos mejor, ellos oyeron el rugido de mis hélices y alzaron la cabeza. Se detuvieron un instante, perseguidores y perseguido por igual, y luego echaron a correr hacia el refugio del bosque más cercano. Casi instantáneamente una enorme masa me cubrió, y al mirar hacia arriba me di cuenta de que había reptiles voladores incluso en esta parte de Caspak.

La criatura se zambulló hacia mí a la derecha tan rápidamente que nada que no fuera un picado cerrado me habría podido salvar. Ya estaba cerca del suelo, así que mi maniobra fue extremadamente peligrosa. Estaba a punto de coronarla con éxito cuando vi que me acercaba demasiado a un gran árbol.

Mi esfuerzo por esquivar el árbol y el pterodáctilo a la vez acabó en desastre. Un ala rozó una rama superior, el avión osciló y giró, y entonces, fuera de control, chocó contra las ramas del árbol, donde se detuvo, magullado y roto, a doce metros sobre el suelo.

Siseando con fuerza, el enorme reptil se acercó al árbol donde se había empotrado mi avión, revoloteó dos veces sobre mí y luego se marchó hacia el sur. Como supuse entonces y aprendería más tarde, los bosques son el santuario más seguro para protegerse de esas horribles criaturas, pues con su gran peso y con la enorme extensión de sus alas, están tan fuera de lugar entre los árboles como un hidroavión.

Durante un minuto o dos permanecí agarrado a mi destrozado aparato, ahora inútil sin remedio, el cerebro aturdido por la terrible catástrofe que me había caído encima. Todos mis planes para rescatar a Bowen y la señorita La Rué habían dependido de este avión, y en unos pocos minutos de egoísta amor a la aventura había destruido sus esperanzas y las mías. Qué efecto tendría para el futuro del equilibrio de la expedición de rescate ni siquiera podía imaginarlo. Sus vidas, también, podían ser sacrificadas por mi suicida estupidez. Que yo estuviera condenado parecía inevitable; pero puedo decir sinceramente que el destino de mis amigos me preocupaba más que el mío propio.

Más allá de la barrera del acantilado mi grupo estaba ahora aún más nervioso esperando mi regreso. La aprensión y el miedo los afectarían dentro de poco… ¡y nunca sabrían qué me había pasado! Intentarían escalar los acantilados, de eso estaba seguro: pero no estaba tan convencido de que tuvieran éxito: y después de algún tiempo se volverían, los que quedaran, y regresarían tristemente a casa. ¡A casa! Apreté las mandíbulas y traté de olvidar la palabra, pues sabía que nunca volvería a ver mi casa.

¿Y qué había de Bowen y su chica? Los había condenado también. Ni siquiera sabrían nunca que se había hecho un intento de rescate. Si todavía vivían, podrían encontrarse algún día con los restos destrozados de este avión colgando en su sepulcro aéreo y aventurarían vanas suposiciones y se llenarían de asombro; pero nunca lo sabrían, y yo no podía sino alegrarme de que no supieran que Tom Billings había firmado su sentencia de muerte con su criminal egoísmo.

Todas las inútiles lamentaciones me estaban afectando; pero por fin me estremecí e intenté sacar esos pensamientos de mi mente y valorar la situación tal como era y hacer lo que estuviera en mi mano para arrancar la victoria de la derrota. Estaba aturdido y magullado, pero me consideré muy afortunado por haber escapado con vida. El avión colgaba en un ángulo precario, así que con dificultad y considerable peligro salí de él, bajé del árbol y llegué al suelo.

Mi situación era grave. Entre mis amigos y yo había un mar interior de noventa kilómetros de anchura en este punto y una distancia estimada de tierra de unos quinientos kilómetros hasta el mar, a través de peligros horribles que admito perfectamente que me habían aterrorizado. Había visto lo suficiente de Caspak este día para asegurarme de que Bowen no había exagerado en modo alguno sus peligros. De hecho, me siento inclinado a creer que se había acostumbrado tanto a ellos antes de empezar su manuscrito que los había reducido. Mientras permanecía allí bajo aquel árbol (un árbol que debería haber sido parte de un lecho de carbón desde hacía incontables siglos), y contemplaba el mar rebosante de vida (una vida que debería haber sido ya fósil antes de que Dios creara a Adán) no habría dado un vaso de cerveza rancia por mis posibilidades de volver a ver a mis amigos o al mundo exterior; sin embargo allí y entonces juré abrirme paso por esta tierra horrible cuanto lo permitieran las circunstancias. Tenía municiones en abundancia, una pistola automática y un rifle pesado: éste último uno de los veinte que añadimos a nuestro equipo gracias a la fuerza de la descripción de Bowen sobre las enormes bestias que asolaban Caspak. Mi mayor peligro se encontraba en los horribles reptiles cuyo bajo sistema nervioso permitía funcionar a sus instintos carnívoros varios minutos después de que hubieran dejado de vivir.

Pero presté menos atención a estos pensamientos que a la súbita frustración de todos nuestros planes. Con el más amargo de los pensamientos me maldije por la estúpida debilidad que me había permitido apartarme del objetivo principal de mi vuelo y dedicarme a una prematura e inútil exploración. Me pareció entonces que debía descartar totalmente seguir buscando a Bowen, pues, según lo estimaba, los quinientos kilómetros de territorio de Caspak que debía atravesar para llegar a la base de los acantilados eran prácticamente infranqueables para un individuo solo, que no estaba acostumbrado a la vida caspakiana e ignoraba todo lo que se encontraba ante él. Sin embargo, no pude renunciar por completo a la esperanza. Tenía claro mi deber: debía seguirlo mientras me quedara vida, así que me encaminé hacia el norte.

El paisaje que atravesé era tan hermoso como inusitado, casi diría que no era terrestre, pues las plantas, los árboles, los capullos no pertenecían a la Tierra que conocía. Eran más grandes, los colores más brillantes y las formas sorprendentes, algunos casi hasta lo grotesco, aunque incluso esos contribuían a lo encantador y romántico del paisaje, igual que los cactus gigantescos proporcionan una extraña belleza a las desoladas arenas del triste Mohave. Y por encima de todo el sol brillaba enorme y redondo y rojo, un sol monstruoso sobre un mundo monstruoso, su luz dispersa por el aire húmedo de Caspak… el aire cálido y húmedo que yace viscoso sobre el pecho de esta gran madre de la vida, la más poderosa incubadora de la Naturaleza.

A mi alrededor, por todas partes, había vida. Se movía entre las copas de los árboles y entre los troncos: se desplegaba en amplios y entremezclados círculos en el fondo del mar; saltaba desde las profundidades: podía oírla en un tupido bosque a mi derecha, su murmullo se alzaba y caía en incesantes volúmenes de sonido, roto a intervalos por un grito horrible o un rugido atronante que hacía estremecer la tierra; y siempre me sentía acosado por aquella inexplicable sensación de que ojos invisibles me observaban, que pies silenciosos seguían mis pasos. No soy nervioso ni excitable: pero la carga de responsabilidad que pesaba sobre mí era enorme, así que me mostré más cauteloso de lo que es habitual en mí. Me volvía a menudo a derecha e izquierda y atrás para no ser sorprendido, y llevaba el rifle dispuesto en las manos. Una vez podría haber jurado que entre las muchas criaturas tenuemente percibidas entre las sombras del bosque vi una figura humana correr de un escondite a otro, pero no pude estar seguro.

En su mayor parte sorteé el bosque, haciendo desvíos ocasionales en vez de entrar en aquellas imponentes profundidades oscuras, aunque muchas veces me vi obligado a pasar entre brazos del bosque que se extendían hasta la misma orilla del mar interior. Había una sugerencia tan siniestra en los sonidos desconocidos y los vagos atisbos de cosas que se movían dentro del bosque, de la amenaza de extrañas bestias y posiblemente de hombres aún más extraños, que siempre respiraba con más libertad cuando salía una vez más a paisaje descubierto.

Había caminado durante quizás una hora, aún convencido de que estaba siendo acechado por alguna criatura que se mantenía escondida entre los árboles y matorrales a mi derecha y un poco por detrás, cuando por enésima vez me atrajo un sonido desde esa dirección, y al volverme vi a un animal que cruzaba rápidamente el bosque hacia mí. Ya no había ningún deseo por su parte de ocultarse: salió rápidamente de entre los matorrales, y esperé que fuera lo que fuese, hubiera por fin hecho acopio de valor para atacarme con valentía. Antes de que quedara claramente a la vista, me di cuenta de que no estaba solo, pues a unos pocos metros por detrás una segunda criatura sacudía la jungla. Evidentemente, iban a atacarme un par de bestias de caza o de hombres.

Y entonces, a través del último macizo de helechos asomó la figura de la primera criatura, que saltó hacia mí con pies ligeros mientras yo esperaba con rifle al hombro para cubrir el punto por donde esperaba que fuera a emerger.

Debí de parecer bastante tonto si mi sorpresa y mi consternación se reflejaron de algún modo en mi semblante cuando bajé el rifle y contemplé incrédulo la esbelta figura de la muchacha que corría velozmente en mi dirección. Pero no tuve que permanecer mucho tiempo con el arma bajada, pues mientras ella se acercaba, la vi echar una afligida mirada por encima del hombro, y en el mismo momento la jungla se abrió en el mismo lugar donde la había visto a ella y apareció el felino más grande que he visto jamás.

Al principio tomé a la bestia por un tigre de dientes de sable, ya que era la bestia de aspecto más temible que nadie podría imaginar; pero no era ese terrible monstruo del pasado, aunque resultaba lo suficientemente formidable para satisfacer al más fastidioso buscador de emociones. Avanzó, ominoso y terrible, sus ojos cargados de odio relampagueando sobre sus mandíbulas abiertas, los labios curvados en una mueca espantosa que mostraba una boca llena de dientes formidables. Al verme abandonó la impetuosa carrera y avanzó lentamente hacia nosotros, mientras la muchacha, con un largo cuchillo en la mano, se situaba valerosamente a mi izquierda, algo rezagada. Me había llamado algo en una extraña lengua mientras corría hacia mí, y ahora volvió a hablar; pero lo que dijo no pude, naturalmente, entenderlo entonces: sólo supe que su tono era dulce, bien modulado y libre de cualquier sugerencia de pánico.

Frente al enorme felino, que ahora vi que era una enorme pantera, esperé hasta poder colocar un disparo donde sabía que haría más daño, pues conseguir un disparo frontal a cualquiera de los grandes carnívoros es como poco asunto difícil. Tenía cierta ventaja porque la bestia no atacaba ahora: mantenía la cabeza gacha y la espalda expuesta; y así, a unos cuarenta metros, apunté con cuidado a su espalda en la unión del cuello y los hombros.

Pero en el mismo instante, como si sintiera mi intención, la gran criatura alzó la cabeza y saltó hacia adelante, atacando plenamente. Dispararle a aquella frente sesgada sería peor que inútil, así que rápidamente cambié y apreté el gatillo, esperando contra todo pronóstico que la bala chata y la pesada carga de pólvora tuvieran el suficiente efecto como para concederme por lo menos la posibilidad de efectuar un segundo disparo.

En respuesta a la detonación del rifle tuve la satisfacción de ver que la bestia saltaba al aire, dando una voltereta completa; pero se enderezó casi instantáneamente, aunque en el breve segundo que tardó en ponerse en pie y girarse, dejó al descubierto su flanco izquierdo, y una segunda bala le atravesó el corazón. Cayó por segunda vez... y luego se levantó y vino hacia mí. La vitalidad de las criaturas de Caspak es uno de los rasgos maravillosos de este extraño mundo y habla en favor de la baja organización nerviosa de la antigua vida paleolítica que se ha extinguido hace tanto tiempo en otras partes del mundo.

A tres pasos, coloqué una tercera bala en la bestia, y entonces pensé que había llegado mi fin. Pero el animal rodó y se detuvo a mis pies, muerto como una piedra. Descubrí que mi segunda bala le había destrozado el corazón casi por completo, y sin embargo la pantera había vivido para atacarme ferozmente, y que de no ser por mi tercer disparo sin duda me habría matado antes de expirar por fin… o como Bowen Tyler había dicho claramente, antes de saber que estaba muerta.

Con la pantera evidentemente consciente del hecho de que la disolución se había apoderado de ella, me volví hacia la muchacha, que me miraba con evidente admiración y no poco asombro, aunque he de admitir que mi rifle le llamaba tanto la atención como yo. Era el animal más hermoso que he visto jamás, y los pocos encantos que ocultaban sus ropajes conseguían en efecto acentuarlo. Un trozo de cuero suave y sin curtir colgaba de su hombro izquierdo y pasaba bajo el pecho derecho, cayendo sobre su costado izquierdo hasta su cadera y sobre el derecho hasta una tira metálica que rodeaba su pierna por encima de la rodilla y donde se sujetaba el punto más bajo de la piel. En su cintura llevaba un cinturón de cuero suelto, en cuyo centro colgaba la vaina donde guardaba su cuchillo. Había un solo brazalete entre su hombro derecho y su codo, y una serie de ellos cubría su antebrazo izquierdo del hombro a la muñeca. Más tarde supe que estos tenían como función proporcionar un escudo contra los ataques con cuchillos cuando se alza el brazo izquierdo para proteger el pecho o el rostro.

Sujetaba su tupido pelo con una ancha banda metálica que llevaba un adorno triangular en el centro de su frente. El adorno parecía ser una enorme turquesa, mientras que el metal de todos sus adornos era oro virgen, grabado con intrincadas pautas de madreperla y trocitos diminutos de piedras de diversos colores. De su hombro izquierdo colgaba una cola de leopardo, mientras que en los pies calzaba recias sandalias. El cuchillo era su única arma. Su hoja era de hierro, y en lo alto del pomo había un trozo de oro. Advertí todo esto en los pocos segundos que permanecimos mirándonos el uno a la otra, y también observé otro rasgo sobresaliente de su aspecto: ¡estaba espantosamente sucia! Su cara, sus miembros y su atuendo estaban manchados de barro y sudor, y sin embargo, incluso así, me pareció que nunca había mirado a una criatura tan perfecta y hermosa como ella. Su figura desafía toda descripción, al igual que su rostro. Si yo fuera uno de esos escritores, probablemente diría que sus rasgos eran griegos, pero como no soy ni escritor ni poeta, sólo puedo hacerle mayor justicia diciendo que combinaba las mejores características que se ven en el rostro de una típica chica americana más que en la pronunciada fisonomía pastoril de las diosas griegas. No, ni siquiera la suciedad podía ocultar ese hecho: era hermosa sin comparación.

Mientras nos mirábamos, una lenta sonrisa asomó a su rostro, dividiendo sus labios simétricos y mostrando una fila de fuertes dientes.

—¿Galu? -preguntó alzando la voz.

Y como recordé haber leído en el manuscrito de Bowen que «galu» parecía indicar un tipo superior de hombre, respondí señalándome a mí mismo y repitiendo la palabra. Entonces ella inició una especie de catecismo, si podía juzgar por su inflexión, pues desde luego no entendí ni una palabra de lo que decía. Todo el tiempo la muchacha no paró de mirar hacia el bosque, y por fin tocó mi brazo y señaló en esa dirección.

Al volverme, vi una velluda figura de aspecto humanoide observándonos, y poco después otra y otra más salieron de la jungla y se reunieron con su líder hasta que debieron ser al menos veinte. Estaban completamente desnudos. Sus cuerpos estaban cubiertos de pelo, y aunque se alzaban sobre sus patas sin tocar con las manos el suelo, tenían un aspecto muy simiesco, ya que se inclinaban hacia adelante y tenían brazos muy largos y rasgos bastante simiescos. No eran un espectáculo agradable con aquellos ojos fijos, las narices chatas, los largos labios superiores y los protuberantes colmillos amarillentos. -¡Alus! -dijo la muchacha.

Yo había releído tantas veces las aventuras de Bowen que me las sabía casi de memoria, y por eso ahora supe que estaba mirando los últimos restos de aquella raza de hombres antiguos: los alus de un periodo olvidado, el hombre sin habla de la antigüedad.

—¡Kazor! -exclamó la muchacha, y al mismo tiempo los alus avanzaron balanceándose hacia nosotros.

Iban armados solamente con las armas de la naturaleza: poderosos músculos y gigantescos colmillos. Sin embargo supe que eran suficientes para vencernos si no teníamos nada mejor para defendernos, así que desenfundé mi pistola y le disparé al líder. Cayó como una piedra, y los otros se dieron la vuelta y huyeron. Una vez más la muchacha sonrió lentamente y, tras acercarse más, acarició el cañón de mi automática. Mientras lo hacía, sus dedos entraron en contacto con los míos, y un súbito escalofrío me recorrió, cosa que atribuí al hecho de que había pasado mucho tiempo desde la última vez que vi a una mujer de ningún tipo.

Ella me dijo algo con tonos suaves y líquidos; pero no pude entenderla, y entonces señaló hacia el norte y echó a andar. La seguí, pues también me dirigía al norte; pero si ella se hubiera dirigido al sur también la habría seguido, tan ansioso estaba de compañía humana en este mundo de bestias y reptiles y semihombres.

Caminamos juntos, la muchacha charlando mucho y al parecer asombrada porque yo no podía entenderla. Su risa plateada resonó alegremente cuando yo a mi vez intenté hablarle, como si mi lenguaje fuera la cosa más extraña que hubiera oído jamás. A menudo, después de varios inútiles intentos por hacerme entender, ella me mostraba la palma de la mano, diciendo:

—¡Galu!

Y luego me tocaba el pecho o el brazo y exclamaba:

—¡Alu, alu!

Supe qué quería decir, pues había aprendido por la narración de Bowen el gesto negativo y las dos palabras que repetía. Quería decir que yo no era galu, como sostenía, sino un alu, o sin habla. Sin embargo cada vez que lo decía se reía, y tan contagiosa era su risa que sólo pude reírme yo también. Era natural, también, que se sintiera intrigada por mi incapacidad de comprenderla o de hacerme comprender, pues desde los hombres-maza, el tipo humano más bajo de Caspak en tener habla, hasta la dorada raza de los galus, las lenguas de las diversas tribus son idénticas… a excepción de las amplificaciones en la escala de la evolución. Ella, que es una galu, puede comprender a uno de los bo-lu y hacerse entender por él, o por un hombre-hacha, o un hombre-lanza o un arquero. Los ho-lus, o simios, los alus y yo mismo éramos las únicas criaturas de aspecto humano con los que no podía conversar. Sin embargo, era evidente que su inteligencia le decía que yo no era ni ho-lu ni alu, ni simio antropoide ni hombre sin habla.

No desesperó, sino que se dispuso a enseñarme su lenguaje, y si no hubiera sido porque me preocupaba enormemente el destino de Bowen y de mis compañeros del Toreador, podría haber deseado que el periodo de instrucción se prolongara.

Nunca he sido lo que se llama un mujeriego, aunque me gusta inmensamente la compañía femenina, y durante mis días universitarios y desde entonces he hecho varias amistades entre el bello sexo. Creo que atraigo a cierto tipo de muchacha por el motivo que nunca pretendo cortejarlas; dejo esa labor a los numerosos hombres que lo hacen infinitamente mejor que yo, y disfruto de la compañía femenina en lo que considero modos más razonables: bailando, jugando al golf, paseando a caballo, jugando al tenis y demás. Sin embargo, en compañía de aquella pequeña salvaje semi-desnuda encontré un nuevo placer que era completamente diferente a todo lo que había experimentado jamás. Cuando ella me tocaba, me entusiasmaba como nunca lo había hecho en compañía de otra mujer. No podía comprenderlo, pues soy lo suficientemente sofisticado para saber que esto era un síntoma de amor y desde luego no amaba a esta pequeña bárbara sucia con sus uñas rotas y descuidadas y su piel tan manchada de barro y el verde del follaje aplastado que era difícil decir de qué color había sido originalmente. Pero si por fuera estaba sucia, sus ojos claros y sus dientes blancos, fuertes y regulares, su risa argentina y su porte de reina indicaban una nobleza innata que la suciedad no podía ocultar del todo.

El sol estaba bajo en el cielo cuando llegamos a un riachuelo que desembocaba en una gran bahía al pie de unos acantilados bajos. Nuestro viaje hasta el momento había estado cuajado de constante peligro, como todo viaje en esta tierra espantosa. No quiero aburriros con un recital de la cansina sucesión de ataques por parte de la multitud de criaturas que constantemente cruzaban nuestro camino o nos atacaban deliberadamente. Siempre estábamos alerta; pues allí, por parafrasear la frase, la vigilancia eterna es en efecto el precio de la vida.

Yo había conseguido progresar un poco en la adquisición del conocimiento de su lengua, así que conocí a muchos de los animales y reptiles por sus nombres caspakianos, así como los árboles y los helechos y las hierbas. Supe las palabras para nombrar al mar y el río y el acantilado, para nombrar el cielo y el sol y las nubes. Sí, estaba progresando, y entonces se me ocurrió que no sabía el nombre de mi acompañante. Así que me señalé a mí mismo y dije:

—Tom.

Ella alzó las cejas, sin comprender. Se pasó los dedos por aquella mata de pelo y pareció aturdida. Repetí la acción una docena de veces.

—Tom -dijo ella por fin con aquella voz clara, dulce y líquida-. ¡Tom!

Yo nunca había pensado mucho en mi nombre antes, pero cuando ella lo pronunció, me pareció por primera vez en la vida un nombre potente y hermoso, y entonces ella sonrió de repente y se señaló el pecho y dijo:

—¡Ajor!

—¡Ajor! -repetí, y ella se echó a reír y batió las palmas.

Bueno, ahora sabíamos nuestros nombres, y eso fue bastante positivo. Me gustaba el suyo: ¡Ajor! Y a ella parecía gustarle el mío, pues lo repetía.

Llegamos al acantilado junto al riachuelo donde éste desemboca en la bahía con el gran mar interior detrás. Los acantilados estaban gastados y podridos, y en un lugar un profundo hueco corría tras la piedra durante varios metros, sugiriendo un refugio para la noche. Había rocas sueltas dispersas con las que podría construir una barricada en la entrada de la cueva, y así me detuve y le señalé el lugar a Ajor, intentando hacerle comprender que podríamos pasar la noche allí.

En cuanto comprendió, asintió con el equivalente caspakiano de un gesto afirmativo, y luego tocó mi rifle y me indicó que la siguiera hasta el río. Se detuvo en la orilla, se quitó el cinturón y la daga, dejándolos caer al suelo a su lado: luego soltó la parte inferior de su atuendo de la banda de metal que llevaba en la pierna, lo hizo resbalar por su hombro izquierdo y lo dejó caer a sus pies. Lo hizo de manera tan natural, tan sencilla y rápidamente que me dejó boquiabierto como un pez fuera del agua. Dándose la vuelta, me dirigió una sonrisa y entonces se zambulló en el río, y allí se bañó mientras yo montaba guardia. Durante cinco o diez minutos estuvo nadando, y cuando emergió su piel brillante era suave y blanca y hermosa. Sin medios para secarse, simplemente ignoró lo que para mí habría sido una necesidad, y en un momento se vistió de nuevo con su sencillo pero efectivo ropaje.

Hacía ya una hora que había oscurecido, y como yo estaba muerto de hambre, la conduje medio kilómetro hasta un prado donde habíamos visto antílopes y pequeños caballos un rato antes. Aquí abatí a un pequeño ciervo; la detonación de mi rifle hizo que todos los demás corrieran al bosque, donde fueron recibidos por un coro de horribles rugidos cuando los carnívoros se aprovecharon de su pánico y saltaron sobre ellos.

Con mi cuchillo de caza corté un cuarto trasero, y luego regresamos al campamento. Recogí gran cantidad de leña de los árboles caídos, con la ayuda de Ajor; pero antes de que pudiera encender una hoguera, también recogí suficientes rocas sueltas para construir mi barricada para protegernos de los espantosos terrores de la noche que se acercaba.

Nunca olvidaré la expresión del rostro de Ajor cuando me vio prender una cerilla y encender la estopa bajo nuestra hoguera. La expresión de asombro era tal que parecía el rostro de un mortal que de pronto contempla la misteriosa obra de la divinidad. Era evidente que Ajor desconocía los métodos modernos para hacer fuego. Había considerado maravillosos mi pistola y mi rifle, pero estas diminutas lascas de madera que al frotarlas mágicamente producían llamas eran en efecto milagros para ella.

Mientras la carne se asaba al fuego, Ajor y yo tratamos de hablar una vez más; pero aunque copiosamente llena de incentivos, gestos y sonidos, la conversación no fluyó demasiado. Y entonces Ajor se tomó en serio la tarea de enseñarme su lenguaje. Comenzó, como supe más tarde, por la forma de habla más simple conocida en Caspak o, para el caso, en el mundo: la empleada por los bo-lu. No me resultó difícil, y aunque resultaba un gran hándicap para mi instructora no poder hablar mi lengua, lo hizo notablemente bien y demostró que poseía ingenuidad e inteligencia de un orden superior.

Después de comer, añadí leña al fuego para poder aumentar la hoguera ante la entrada de nuestra barricada, creyendo que sería una buena protección contra los carnívoros, y luego Ajor y yo nos sentamos ante la hoguera, y la lección continuó, mientras alrededor sonaban los extraños y horribles ruidos de la noche en Caspak: los gemidos y las toses y el rugido de los tigres, las panteras y los leones, los ladridos y el distante aullido del lobo, el chacal y el hyaenadon, los agudos alaridos de las presas abatidas y el siseo de los grandes reptiles: sólo la voz del hombre guardaba silencio.

Pero aunque la voz de este terrible coro se alzaba y caía lejos y cerca en todas direcciones, alcanzando en ocasiones un volumen de sonido tan tremendo que la tierra se estremecía, yo estaba tan absorto en mi lección y en mi maestra que a menudo no oí lo que en otro momento me habría llenado de espanto. El rostro y la voz de la hermosa muchacha que se inclinaba tan ansiosamente hacia mí mientras intentaba explicarme el significado de alguna palabra o corregir mi pronunciación ocupaba todas mis capacidades de percepción. La luz de la hoguera brillaba sobre sus animados rasgos y sus chispeantes ojos; acentuaba los graciosos movimientos de sus gesticulantes manos y brazos; resplandecía en sus dientes blancos y sus adornos de oro, y brillaba en la suave firmeza de su piel perfecta. Me temo que a menudo me ocupaba más de admirar este hermoso animal que del deseo de conocimiento: pero fuera como fuese, aprendí mucho esa noche, aunque parte de lo que aprendí no tenía nada que ver con ningún nuevo lenguaje.

Ajor parecía decidida a que yo hablara caspakiano lo más rápidamente posible, y me pareció ver en su deseo un poco de esa tendencia femenina que se ha transmitido a través de las épocas desde la primera dama del mundo: curiosidad. Ajor deseaba que yo hablara su lengua para poder satisfacer una curiosidad referida a mí que la acuciaba hasta tal punto que corría el peligro de estallar: de eso estaba seguro. Era un signo de interrogación animado. Borboteaba con preguntas que nunca quedarían satisfechas a menos que yo aprendiera a hablar su lengua. Sus ojos chispeaban de excitación; su mano volaba con gestos expresivos: su lengüecita corría velozmente; todo para nada. Yo podía decir hombre y árbol y acantilado y león y varias otras palabras en perfecto caspakiano: pero ese vocabulario era sólo el inicio; no permitía entablar una conversación general, y el resultado fue que Ajor se enfadaba tanto que cerraba los puños y me golpeaba en el pecho con todas sus fuerzas, y luego se echaba a reír cuando comprendía el humor de la situación.

Estaba intentando enseñarme algunos verbos a través de las acciones que ella misma ejecutaba mientras repetía la palabra adecuada. Estábamos muy concentrados, tanto que no prestamos atención a lo que sucedía fuera de nuestra cueva. Y entonces Ajor se detuvo de repente y exclamó:

—¡Kazor!

Ahora ella había estado intentando enseñarme que ju significaba alto; por eso, cuando gritó kazor y al mismo tiempo se detuvo, pensé por un momento que era parte de mi lección: por un instante olvidé que kazor significa cuidado. Por tanto repetí la palabra tras ella; pero cuando vi la expresión en sus ojos mientras miraban más allá de mí y la vi señalar la entrada de la cueva, me di la vuelta rápidamente… y vi una horrible cara en la pequeña abertura que asomaba a la noche. Era el feroz y rugiente semblante de un oso gigantesco. He cazado osos de cola plateada en las Montañas Blancas de Arizona y los consideraba los más grandes y formidables de todos; pero al ver aparecer la cabeza de esta horrible criatura me pareció que el más grande grizzly que haya visto jamás se reduciría en comparación a las dimensiones de un perro de Newfoundland.

Nuestra hoguera estaba justo dentro de la cueva, y el humo salía a través de las aberturas entre las rocas que yo había apilado de forma que se arqueaban hacia dentro en la parte superior. La abertura por la que nosotros podríamos salir quedaba bloqueada por unos cuantos grandes fragmentos que no llegaban a cerrarla por completo; pero a través de esas aberturas no podía pasar ningún animal grande. Yo contaba, más que nada, con nuestro fuego, considerando que ninguna de las peligrosas bestias nocturnas se aventuraría a acercarse a las llamas. En esto, sin embargo, me había equivocado claramente, pues el gran oso se alzaba con la nariz apenas a un palmo del fuego, que ahora era bajo, debido al hecho de que yo estaba tan entretenido con mi lección y mi maestra que me había olvidado de alimentarlo.

Ajor desenfundó su fútil cuchillo y señaló mi rifle. Al mismo tiempo habló con voz clara, completamente carente de nerviosismo o cualquier rastro de miedo o pánico. Supe que me estaba exhortando a que disparara contra la bestia, pero yo no deseaba hacer esto más que como último recurso, pues estaba seguro de que incluso mis pesadas balas no harían más que enfurecerlo… y en ese caso podría fácilmente forzar la entrada en nuestra cueva.

En vez de disparar, apilé más madera sobre la hoguera, y cuando el humo y la llamarada se alzaron ante el rostro de la bestia, ésta retrocedió, rugiendo terriblemente. Todavía pude ver dos feos puntos de luz brillando en la oscuridad de fuera y oí sus rugidos. Durante algún tiempo el oso permaneció allí, vigilando la entrada de nuestro frágil santuario mientras yo me devanaba los sesos en una fútil empresa para planear algún método de defensa o de huida. Sabía muy bien que si el oso decidía alcanzarnos, las rocas que había apilado como barrera se desmoronarían sobre sus gigantescos hombros como un castillo de naipes, y que se abalanzaría directamente contra nosotros.

Ajor, que tenía menos conocimiento de la efectividad de las armas de fuego que yo, y por tanto confiaba más en ellas, me incitó a que disparara contra la bestia, pero yo sabía que la posibilidad de detenerla de un solo disparo era remota, y que el riesgo de enfurecerla era real: por eso, esperé lo que pareció una eternidad, observando aquellos diabólicos puntos de fuego que brillaban mirándonos con odio, y escuché el volumen cada vez más fuerte de aquellos gruñidos sísmicos que parecían surgir desde dentro de las entrañas de la tierra y sacudir los mismos acantilados bajo los que nos escondíamos, hasta que por fin vi que el bruto se acercaba de nuevo a la abertura.

No había servido de nada que hubiera apilado madera en el fuego, hasta que Ajor y yo estuvimos a punto de asarnos: aquel poderoso motor de destrucción avanzó hasta que una vez más el espantoso rostro abrió la boca directamente dentro de la abertura de la barrera. Permaneció allí un momento, y luego la cabeza se retiró. Dejé escapar un suspiro de alivio: el oso había alterado su intención e iba en busca de otra presa más fácil. El fuego había sido demasiado para él.

Pero mi alegría fue breve, y mi corazón se encogió una vez más cuando un momento más tarde vi una poderosa zarpa hurgar en la abertura… una zarpa tan grande como una sartén. Muy suavemente la zarpa jugueteó con la gran roca que cerraba en parte la entrada, empujó y tiró y luego muy deliberadamente la sacó hacia afuera y la hizo a un lado. De nuevo apareció la cabeza, y esta vez llegó mucho más adentro de la cueva, pero los grandes hombros no pudieron atravesar la abertura. Ajor se acercó más a mí hasta que su hombro tocó mi costado y aunque sentí un ligero temblor recorrer su cuerpo, no dio ninguna otra muestra de temor. Involuntariamente la rodeé con el brazo izquierdo y la atraje hacia mí durante un instante. Fue un acto de consuelo más que una caricia, aunque debo admitir que una vez más e incluso ante el rostro de la muerte me sentí extasiado por su contacto; entonces la solté y me llevé el rifle al hombro, pues había llegado a la conclusión de que no ganaría nada más esperando. Mi única esperanza era meterle a la criatura tantas balas como fuera posible antes de que cayera sobre mí. Ya había apartado una segunda roca y estaba a punto de introducir su enorme masa por la abertura que había creado.

Así que apunté con cuidado entre sus ojos. Mis dedos se cerraron con firmeza sobre la caja del fusil, apoyando el dedo del gatillo con la acción muscular de la mano. ¡La bala no podía fallar! Contuve la respiración para no alterar ni un pelo el cañón. Permanecí inmóvil y tranquilo, como no había estado jamás ante un blanco, y tuve plena consciencia de que sería un disparo perfecto: sabía que no podía fallar. Y entonces, cuando el oso se abalanzó hacia mí, el percutor cayó… inútilmente, contra un cartucho defectuoso.

Casi simultáneamente oí desde fuera un rugido infernal: el oso daba voz a una serie de gruñidos que transcendían en volumen y ferocidad todo lo que hubiera ensayado hasta el momento, mientras salía de la cueva. Por un instante no pude comprender qué había sucedido para causar esta súbita retirada cuanto tenía prácticamente su presa al alcance. La idea de que el golpe del percutor lo hubiera asustado era demasiado ridícula. Sin embargo, no tuvimos que esperar mucho antes de poder al menos suponer la causa de la diversión, pues desde fuera llegaron gruñidos y rugidos mezclados y el sonido de grandes cuerpos debatiéndose y haciendo temblar la tierra. El oso había sido atacado por detrás por alguna otra bestia poderosa, y los dos estaban ahora enzarzados en una titánica lucha por la supremacía. Con breves interludios, durante los cuales pudimos oír la jadeante respiración de los contrincantes, la batalla continuó durante casi una hora hasta que los sonidos del combate se fueron reduciendo gradualmente y al fin cesaron por completo.

A sugerencia de Ajor, hecha con signos y con unas pocas de las palabras que teníamos en común, trasladé la hoguera a la entrada de la caverna de modo que una bestia tendría que atravesar directamente las llamas para alcanzarnos, y luego nos sentamos y esperamos a que el vencedor de la batalla viniera y reclamara su recompensa. Pero aunque permanecimos sentados largo rato con los ojos pegados a la abertura, no vimos ningún signo de ninguna bestia.

Por fin, indiqué a Ajor que se acostarán, pues sabía que ella debía tener sueño, y monté guardia hasta casi por la mañana, cuando la muchacha despertó e insistió en que descansara un poco. No me pude negar, pues me tumbó en el suelo mientras me amenazaba riendo con su cuchillo.

Capítulo III

Cuando desperté, era de día y encontré a Ajor ante un fino lecho de brasas asando un trozo de carne de antílope. Créanme, la visión del nuevo día y el delicioso olor de la carne me llenó de una renovada sensación de felicidad y esperanza que casi había perdido con la experiencia de la noche anterior. Quizás la esbelta figura de aquella muchacha de rostro alegre resultara un potente paliativo. Me miró y me sonrió, mostrando aquellos dientes perfectos, rebosante de clara felicidad: la imagen más adorable que he visto jamás. Recuerdo que fue entonces cuando lamenté por primera vez que no fuera más que una pequeña salvaje inculta y estuviera tan por debajo de mí en la escala de la evolución.

Su primer acto fue llamarme para que la siguiera al exterior, y allí fue señalando para explicar el motivo que nos había librado del oso: un enorme tigre de dientes de sable, su hermosa piel y su carne rota en pedazos, yacía muerto a unos cuantos metros de nuestra cueva, y a su lado, igualmente destrozado, y sin entrañas, se encontraba el cadáver de un enorme oso cavernario. Que un tigre de dientes de sable te salve la vida, y en el siglo veinte además, era una experiencia única por decir poco; pero había sucedido: tenía la prueba ante mis ojos.

Tan enormes son los grandes carnívoros de Caspak que deben alimentarse perpetuamente para mantener sus gigantescos músculos, y el resultado es que comen la carne de cualquier criatura y atacan a todo lo que se pone a su alcance, no importa lo formidable que sea la presa. Por observaciones posteriores (y menciono esto porque es digno de la atención de paleontólogos y naturalistas), he llegado a la conclusión de que criaturas como el oso cavernario, el león de las cavernas y el tigre de dientes de sable, así como los más grandes reptiles carnívoros, hacen, corrientemente, dos presas al día: una por la mañana y otra después de la noche. Inmediatamente devoran todo el cadáver, y después se tienden y duermen durante unas cuantas horas. Por fortuna su número es comparativamente escaso: de lo contrario no habría otra vida en Caspak. Es su voracidad lo que mantiene su número reducido hasta un punto que permite que vivan otras formas de vida, pues incluso en la época de apareamiento los grandes machos a menudo se vuelven contra sus hembras y las devoran, mientras que tanto machos como hembras a menudo devoran a sus crías. Cómo han conseguido sobrevivir las razas humanas y semihumanas durante todas las incontables eras en que estas condiciones deben de haber existido es algo que escapa a mi entendimiento.

Después de desayunar Ajor y yo nos pusimos de nuevo en marcha en nuestro camino hacia el norte. Habíamos recorrido una pequeña distancia cuando fuimos atacados por varias criaturas de aspecto simiesco armadas con palos. Parecían un poco más altas en la escala que los alus. Ajor me dijo que eran bo-lu, u hombres-maza. Un disparo mató a uno y dispersó a los otros, pero varias veces después durante el día fuimos amenazados por ellos, hasta que dejamos su país y entramos en el de los sto-lu, u hombres-hachas. Estos eran menos velludos y más similares a los hombres, y no parecían tan ansiosos por destruirnos. Más bien mostraban curiosidad, y nos seguían a cierta distancia examinándonos con atención. Nos llamaron, y Ajor les respondió: pero sus respuestas no parecieron satisfacerlos, pues gradualmente se volvieron amenazadores, y creo que se estaban preparando para atacarnos cuando un pequeño ciervo que se escondía entre los matorrales abandonó de pronto su escondite y apareció ante nosotros. Necesitábamos carne fresca, pues eran casi la una y yo tenía hambre, así que desenfundé mi pistola y con un solo tiro abatí a la criatura. El efecto sobre los bo-lu fue eléctrico. Inmediatamente abandonaron todo pensamiento de guerra, y se dieron la vuelta y corrieron al bosque que bordeaba nuestro camino.

Pasamos esa noche junto a un pequeño arroyo en el país de los sto-lu. Encontramos una caverna diminuta en la orilla rocosa, tan oculta que sólo la casualidad podría indicar a una bestia de presa su emplazamiento, y después de comer la carne del ciervo y algunas frutas que Ajor había recogido, nos metimos en el pequeño agujero, y con palos y piedras recogidos para la ocasión alcé una fuerte barricada en la entrada. Nada podría alcanzarnos sin nadar y chapotear por el arroyo, y me sentí bastante seguro de que no iban a atacarnos. Nuestro espacio era pequeño. El techo era tan bajo que no podíamos permanecer de pie, y el suelo tan estrecho que con dificultad cabíamos los dos; pero estábamos muy cansados, y nos las apañamos. Tan grande era la sensación de seguridad que estoy seguro de que me quedé dormido en cuanto me tumbé junto a Ajor.

Durante los tres días que siguieron nuestros avances, fueron exasperantemente lentos. Dudo que hiciéramos quince kilómetros en los tres días. El país era horriblemente salvaje, de modo que nos veíamos obligados a pasar horas seguidas escondiéndonos de una u otra de las grandes bestias que nos amenazaban continuamente. Había menos reptiles, pero la cantidad de carnívoros parecía haber aumentado, y los reptiles que vimos eran gigantescos. Nunca olvidaré un enorme espécimen que encontramos pastando entre los juncos al borde del gran mar. Tenía más de tres metros y medio de altura en la grupa, su punto más alto, y con su cola enormemente larga y su cuello medía entre veinticinco y treinta metros de longitud. Su cabeza era ridículamente pequeña; su cuerpo no estaba acorazado, pero su gran masa hacía que su aspecto fuera formidable. Mi experiencia de la vida en Caspak me llevó a crear que aquella gigantesca criatura nos atacaría nada más vernos, así que alcé mi rifle y al mismo tiempo me fui dirigiendo a unos matorrales que ofrecían refugio; pero Ajor tan sólo se echó a reír, y cogiendo un palo, corrió hacia el gran animal, gritando. La cabecita se alzó en el largo cuello mientras el animal miraba estúpidamente acá y allá en busca del autor del ruido. Por fin sus ojos descubrieron a la diminuta Ajor, y entonces ella lanzó el palo a la diminuta cabeza. Con un grito que parecía el balido de una oveja, la colosal criatura se volvió hacia el agua y pronto se sumergió.

Mientras recordaba lentamente mis estudios universitarios y mis lecturas sobre paleontología en los libros de texto de Bowen, me di cuenta de que había estado contemplando nada menos que a un diplodocus del Jurásico Superior; ¡pero qué distinta era la criatura viva y real de las burdas restauraciones de Hatcher y Holland! Yo tenía la impresión de que el diplodocus era un animal terrestre, pero evidentemente era en parte anfibio. He visto a varios desde mi primer encuentro, y en cada caso la criatura se dirigió al mar para ocultarse en cuanto fue molestada. Con la excepción de su gigantesca cola, no tiene armas de defensa: pero con ese apéndice puede descargar golpes terribles con los que puede abatir incluso a un oso cavernario gigante. Es una bestia estúpida, sencilla y amable… una de las poquísimas criaturas de Caspak a quienes puede cuadrar esa descripción.

Durante tres noches dormimos en los árboles, pues no encontramos cuevas ni ningún otro sitio donde ocultarnos. Aquí estábamos libres de los ataques de los grandes carnívoros terrestres, pero los reptiles voladores más pequeños, las serpientes, leopardos y panteras eran una amenaza constante, aunque en modo alguno tan temibles como las enormes bestias que surcaban la superficie de la tierra.

A finales del tercer día Ajor y yo podíamos conversar con considerable fluidez, y fue un gran alivio para ambos, sobre todo para Ajor. Ahora ella no hacía más que preguntarme cuando la dejaba, cosa que no podía ser todo el tiempo, pues nuestra supervivencia dependía en gran parte de la rapidez con que yo pudiera obtener conocimiento de la geografía y las costumbres de Caspak, y por tanto yo también tenía muchas cosas que preguntarle.

Disfrutaba enormemente escuchándola y respondiéndole, tan ingenuas eran muchas de sus preguntas y tan llenas de asombro por las cosas que le contaba del mundo más allá de las altas barreras de Caspak; ni una sola vez pareció dudar de mí, por maravillosas que pudieran haber parecido mis declaraciones; y sin duda eran causa de asombro en Ajor, que jamás había soñado antes que existiera vida ninguna más allá de Caspak y la vida que conocía.

Por simples que fueran muchas de sus preguntas, evidenciaban un agudo intelecto y una astucia que parecía muy superior a la experiencia que indicaba su edad. Empecé a considerar que mi pequeña salvaje era una persona interesante y sociable, y a menudo di gracias al destino que había hecho que nuestros caminos se cruzaran. De ella aprendí muchas cosas de Caspak, pero seguí sin resolver el misterio que tanto había intrigado a Bowen Tyler: la total ausencia de crías jóvenes entre las razas humanas, semihumanas y simias con las que tanto ella como yo habíamos entrado en contacto en las orillas opuestas del mar interior. Ajor trató de explicarme el asunto, aunque estaba claro que no podía concebir cómo una condición tan natural debería exigir explicación. Me dijo que entre los galus había unos cuantos bebés, que una vez ella había sido un bebé pero que la mayoría de su gente «venía», como ella lo dijo «cor sva jo», o literalmente, «desde el principio». Y como todos hacían cuando usaban esa frase, indicaba el sur con un amplio gesto.

—Durante mucho -explicó, acercándose mucho a mí y susurrando- me las palabras al oído mientras dirigía miradas aprensivas alrededor y sobre todo hacia el cielo-, durante mucho mi madre me tuvo oculta para que los wieroo, que pasan por el aire de noche, no vinieran y me llevaran a Oo-oh.

Y la muchacha se estremecía al pronunciar la palabra. Intenté que me contara más cosas, pero su terror era tan real cuando hablaba de los wieroo y de la tierra de Oo-oh donde habitaban que al final desistí, aunque sí aprendí que los wieroo se llevaban solamente a bebés femeninos y ocasionalmente a mujeres de los galus que habían «venido desde el principio». Todo era muy misterioso e insondable, pero me dio la impresión que los wieroo eran criaturas imaginarias, los demonios o dioses de su raza, omniscientes y omnipresentes. Esto me llevó a suponer que los galus tenían un sentido religioso, y nuevas preguntas me convencieron de que así era. Ajor hablaba con tono reverente de Luata, la diosa del calor y la vida. La palabra se deriva de otras dos: Lua, que significa sol, y ata que significa huevos, vida, joven y reproducción. Ella me contó que adoraban a Luata en varias formas, como fuego, el sol, los huevos y otros objetos materiales que sugerían calor y reproducción.

Yo había advertido que cada vez que encendía una hoguera, Ajor esbozaba en el aire con un dedo un triángulo isósceles, y que hacía lo mismo por la mañana cuando veía por primera vez el sol. Al principio no conecté su acto con nada en concreto, pero después de que aprendiéramos a conversar y que me explicara un poco de sus supersticiones religiosas, me di cuenta de que hacía el signo del triángulo como un católico hace el signo de la cruz. Siempre el lado desigual del triángulo quedaba hacia arriba. Mientras me lo explicaba, indicó los adornos de sus brazaletes de oro, en el pomo de su daga y en la banda que rodeaba su pierna derecha por encima de la rodilla: siempre era el diseño hecho en parte con triángulos isósceles, y cuando explicó el significado de esta figura geométrica, comprendí de inmediato su sentido.

Ahora estábamos en el país de los band-lu, los hombres de las lanzas de Caspak. Bowen había observado en su narración que este pueblo era análogo a la raza Cro-Magnon del Paleolítico Superior, y por tanto yo estaba ansioso por verlos. No iba a quedarme con las ganas: ¡los vi, en efecto! Habíamos dejado el país de los sto-lu y literalmente nos habíamos abierto paso luchando a través de cordones de bestias salvajes durante dos días cuando decidimos acampar un poco antes que de costumbre, debido al hecho de que habíamos alcanzado una línea de acantilados que corría al este y el oeste donde había numerosas cavernas. Los dos estábamos muy cansados, y ver estas cavernas, en varias de las cuales podíamos colocar una barricada, nos hizo decidirnos a detenernos hasta la mañana siguiente. Con solo unos minutos de exploración descubrí una caverna en lo alto de la cara del acantilado que parecía ideal para nuestros propósitos. Daba a un estrecho saliente donde podríamos preparar nuestra hoguera; la abertura era tan pequeña que tuvimos que tumbarnos y arrastrarnos para ganar acceso, mientras que el interior era espacioso y tenía un techo alto. Encendí una cerilla y miré alrededor: pero por lo que pude ver, la cámara se internaba en el acantilado.

Tras soltar mi rifle, pistola y cinturón de municiones pesadas, dejé a Ajor en la cueva mientras iba a recoger leña. Ya teníamos carne y frutas, recogidas justo antes de llegar a los acantilados, y mi cantimplora estaba llena de agua fresca. Por tanto, lo único que necesitábamos era combustible, y como siempre permitía que Ajor conservara sus fuerzas, no quise dejar que me acompañara. La pobre muchacha estaba muy cansada, pero me habría acompañado hasta desplomarse, lo sé, tan leal era. Era la mejor camarada del mundo, y a veces lamentaba y a veces me alegraba que no fuera de mi propia casta, pues si lo hubiera sido me habría enamorado irremediablemente de ella. Por eso, viajábamos hacia el norte como dos muchachos, con enorme respeto mutuo pero ningún blando sentimiento.

Había poca leña cerca de la base de los acantilados, y por eso me vi obligado a entrar en el bosque situado a unos doscientos metros. Ahora me doy cuenta de lo alocada que fue mi acción en una tierra como Caspak, rebosante de peligros y muerte; pero hay cierta cantidad de locura en todo hombre; y la porción mía debía estar en ascenso aquel día, pues la verdad del asunto es que me interné en aquellos bosques completamente indefenso. Y pagué el precio, como suele hacer la gente por sus indiscreciones. Mientras rebuscaba entre los matorrales los trozos adecuados de leña, la cabeza inclinada y los ojos en el suelo, advertí de pronto un gran peso sobre mí. Caí de rodillas y agarré a mi asaltante, un hombre enorme y desnudo… desnudo a excepción de un taparrabos hecho de piel de serpiente que le colgaba hasta las rodillas. El tipo iba armado con una lanza con punta de piedra, un cuchillo de piedra, y un hacha. En su pelo negro había varias plumas de colores. Mientras luchábamos de un lado a otro, le fui consiguiendo ventaja, pero de pronto una docena de amigos suyos aparecieron corriendo y me superaron.

Me ataron las manos a la espalda con largas cuerdas de cuero y luego me observaron con atención. Me parecieron en su mayor parte buenos especímenes humanos. Entre ellos había algunos que se parecían a los sto-lu y tenían mucho pelo, pero la mayoría tenía cabezas grandes y rasgos no del todo feos. Había poco en ellos que recordara a los monos, como sucede con los sto-lu, los bo-lu y los alus. Pensé que me iban a matar al momento, pero no lo hicieron. En cambio, me interrogaron, pero resultó evidente que no creyeron mi historia, pues se burlaron y se rieron.

—Los galus te han rechazado -exclamaron-. Si vuelves con ellos, morirás. Si te quedas aquí, morirás. Te mataremos, pero primero bailaremos y tú bailaras con nosotros… la danza de la muerte.

¡Parecía muy tranquilizador! Pero supe que no iban a matarme inmediatamente, y por eso no desesperé. Me condujeron hacia los acantilados, y cuando nos aproximamos a ellos, miré hacia arriba y estoy seguro de que vi los brillantes ojos de Ajor observándonos desde nuestra alta cueva. Pero ella no dio muestras de haberme visto, y continuamos nuestro camino, rodeamos el extremo de los acantilados y seguimos a lo largo de la cara opuesta hasta que llegamos a una sección literalmente cubierta de cuevas. Por todas partes, en el suelo y en los salientes ante las entradas, había cientos de miembros de la tribu. Había muchas mujeres pero no bebés ni niños, aunque advertí que las hembras tenían pechos más desarrollados que los que había visto entre las de los hombres-hacha, los hombres-maza, los alus o los simios. De hecho, entre las órdenes inferiores del hombre caspakiano, el pecho femenino es un órgano rudimentario, apenas sugerido en los simios y alus, y sólo un poco más definido en los bo-lu y los sto-lu, aunque siempre aumentando hasta que se encuentra medio desarrollado en las hembras de los hombres-lanza; sin embargo, no había ninguna indicación de que las hembras amamantaran a los jóvenes, ni había ningún joven entre ellos. Algunas de las mujeres band-lu eran bastante bonitas. Las figuras de todos, hombres y mujeres por igual, eran simétricas aunque fornidas, y aunque había algunos que se parecían mucho al tipo de los sto-lu, había otros que eran decididamente guapos y cuyos cuerpos eran bastante poco velludos. Todos los alus tienen barba, pero entre los bo-lu las barbas desaparecen en las mujeres. Los hombres sto-lu muestran una barba escasa, los band-lu ninguna; y hay poco vello en los cuerpos de sus mujeres.

Los miembros de la tribu mostraron gran interés en mí, sobre todo en mis ropas, pues naturalmente nunca habían visto nada parecido. Me empujaron y tiraron de mí, y algunos incluso me golpearon, pero en su mayoría no se sintieron inclinados a la brutalidad. Fueron sólo los más velludos, los que más se parecían a los sto-lu, quienes me maltrataron.

Por fin mis captores me condujeron a una gran cueva, en cuya boca ardía una gran hoguera. El suelo estaba cubierto de suciedad, incluyendo los huesos de muchos animales, y la atmósfera apestaba a cuerpos humanos y carne putrefacta. Aquí me dieron de comer, me soltaron los brazos y comí un filete medio cocido de auroc y un guiso que debía de estar hecho de serpientes, pues eso sugerían los redondos trozos de repugnante carne.

Después de comer, me introdujeron en las profundidades de la caverna, que encendieron con antorchas colocadas en los huecos de las paredes y con las que pude ver, para mi sorpresa, que las paredes estaban cubiertas de dibujos y esbozos. Había aurocs, ciervos, tigres de dientes de sable, osos cavernarios, hyaenodones y muchos otros ejemplos de la fauna de Caspak, hechos en color, normalmente con cuatro tonos de marrón, o arañados sobre la superficie de la roca. A menudo estaban superpuestos y hacía falta un examen minucioso para distinguir las diversas figuras. Pero todos mostraban una aptitud bastante notable para el dibujo, lo que fortalecía las comparaciones de Bowen entre este pueblo y los extintos Cro-Magnon cuyo antiguo arte sigue todavía conservado en las cavernas de Niaux y Le Portel. Sin embargo, los band-lu no tenían arcos y flechas, y en este aspecto diferían de sus extintos progenitores, o descendientes, de Europa occidental.

Si alguno de mis amigos tiene oportunidad de leer la historia de mis aventuras en Caprona, espero que no se aburran con estas digresiones, y si lo hacen, sólo puedo decir que estoy escribiendo mis memorias para mi propio solaz y por tanto anoto las cosas que me interesaron particularmente en su momento. No tengo ningún deseo de que el público general tenga acceso a estas páginas; pero es posible que mis amigos, y tal vez algunos sabios, puedan estar interesados, y para ellos, aunque no pido disculpas por mis reflexiones filosóficas, les explico humildemente que están siendo testigos de los recuerdos de una mente finita tras lo infinito, la búsqueda de explicaciones de lo inexplicable.

En un lejano hueco de la caverna mis captores me hicieron detenerme. De nuevo me ataron las manos, y esta vez también los pies. Durante la operación me interrogaron, y me alegré enormemente de que la clara similitud entre las diversas lenguas tribales de Caspak nos permitiera entendernos a la perfección, aunque ellos eran incapaces de creer o comprender la verdad de mi origen y las circunstancias de mi llegada a Caspak. Finalmente me dejaron diciendo que vendrían a por mí para celebrar la danza de la muerte al amanecer. Antes de que se marcharan con sus antorchas, vi que no me habían llevado hasta el fondo de la caverna, pues un oscuro y ominoso corredor conducía desde mi prisión hasta el corazón del acantilado.

No pude sino maravillarme de la inmensidad de esta gran gruta subterránea. Ya había recorrido varios cientos de metros de cueva, de la cual se bifurcaban muchos otros pasadizos. Todo el acantilado debía estar lleno de apartamentos y pasadizos de los que esta comunidad apenas ocupaba una parte comparativamente pequeña, de modo que la posibilidad de que los pasadizos más remotos fueran el cubil de bestias salvajes que tuvieran otros medios de entrada y salida distintos de los que usaban los band-lu me llenó de oscuros presagios.

Creo que normalmente no soy histérico ni aprensivo; sin embargo, he de confesar que en las condiciones en las que me hallaba, sentí que mis nervios estaban a flor de piel. Por la mañana iba a morir para diversión de una horda de salvajes, pero el amanecer se me antojaba menos terrorífico que el presente, y reto a cualquier hombre de mente equilibrada si no es aterrador estar atado de pies y manos en la negrura estigia de una cueva inmensa poblada por peligros desconocidos en una tierra llena de horribles bestias y de reptiles de la mayor ferocidad. En cualquier momento, quizá en este mismo instante, alguna bestia silenciosa podría captar mi olor desde su cubil en las sombras y arrastrarse hasta mí. Doblé el cuello, y a través de la oscuridad busqué los dos puntos diminutos de ardiente odio que sabía serían el heraldo de la llegada de mi ejecutor. Tan reales eran las imaginaciones de mi frenético cerebro que me cubrí de un sudor frío con la absoluta convicción de que alguna bestia estaba cerca de mí: sin embargo, pasaron las horas, y ningún sonido quebró la quietud como de tumba de la caverna.

Durante ese periodo de eternidad muchos acontecimientos de mi vida pasaron ante mis ojos, un vasto desfile de amigos y acontecimientos que desaparecerían para siempre con el amanecer. Me maldije por la tontería que me había apartado del grupo de búsqueda que tanto dependía de mí, y me pregunté qué progresos habrían hecho, si habían hecho alguno. ¿Estaban todavía tras la barrera de acantilados, esperando mi regreso? ¿O habían encontrado la forma de entrar en Caspak? Consideré que lo más probable era lo segundo, pues el grupo estaba compuesto por hombres de acción que no renunciaban fácilmente a sus propósitos. Era muy probable que ya me estuvieran buscando, pero dudaba que alguna vez encontraran ningún rastro de mí. Hacía tiempo que había llegado a la conclusión de que era imposible para el ser humano rodear las orillas del mar interno de Caspak a la luz de la miríada de amenazas que acechaban en cada sombra de día y de noche. Hacía tiempo que había renunciado a la esperanza de alcanzar el lugar por donde había entrado en este país, y por eso estaba igualmente convencido de que nuestra expedición entera había sido peor que inútil desde que fue concebida, ya que Bowen J. Tyler Jr. y su esposa no podían haber sobrevivido durante todos estos largos meses, igual que Bradley y su grupo de marineros no podían seguir vivos todavía. Si la fuerza y el equipo superior de mi grupo les permitía rodear el extremo norte del mar interior, tal vez pudieran encontrar algún día los restos de mi avión destrozado colgando del gran árbol, pero mucho antes que eso mis huesos formarían parte de la basura que cubría el suelo de esta enorme caverna.

Y mientras tanto todos mis pensamientos, reales y caprichosos, se dirigían a la imagen de una muchacha perfecta, de ojos claros, fuerte, esbelta y hermosa, con el porte de una reina y la gracia ondulante de un leopardo. Aunque amaba a mis amigos, su destino me parecía menos importante que el destino de esta bella bárbara por quien, según me había convencido a mí mismo muchas veces, no albergaba mayores sentimientos que una amistad de paso por una compañera de viaje en una tierra de horrores. Sin embargo, tanto me preocupaba y angustiaba por ella y su futuro que por fin olvidé mi propia situación, aunque seguía debatiéndome con mis ligaduras en una vana pugna para poder liberarme y así, poder correr a protegerla si lograba escapar del destino que me tenían planeado. Y mientras me dedicaba a ello y olvidaba por el momento mis aprensiones sobre la proximidad de alguna bestia, en medio del silencio me sobresaltó un sonido claro e inconfundible que venía del oscuro corredor, desde el corazón mismo de la montaña: el sonido de pies acolchados moviéndose sibilinamente en mi dirección.

Creo que nunca antes en toda mi vida, ni siquiera entre los terrores de las noches de infancia, he sufrido una sensación de horror extremo como en ese momento, cuando me di cuenta de que estaba atado e indefenso mientras alguna horrible bestia reptaba para devorarme en la completa oscuridad de las cuevas band-lu de Caspak. Apestaba a sudor frío, y tenía la piel erizada, podía sentirlo. Si alguna vez estuve cerca de la cobardía abyecta, no recuerdo el caso, pero no puede decirse que tuviera miedo a morir, pues hacía tiempo que me consideraba perdido: unos cuantos días en Caspak impresionan a cualquiera y le hacen ver la total futilidad de la vida. Las aguas, la tierra, el aire rebosan de esa idea, y cualquier forma de vida es siempre devorada por otra. La vida no tiene ningún valor en Caspak, como no tiene valor ninguno en la tierra, y, sin duda, en todo el cosmos. No, no tenía miedo a morir: de hecho, rezaba por hacerlo, por poder librarme del temor del intervalo de vida que me quedaba: la espera, la horrible espera, a que alguna bestia temible me alcanzara y golpeara.

En este momento estaba tan cerca que pude oír su respiración, y entonces me tocó y di un rápido salto hacia atrás. Durante largos instantes ningún sonido rompió el silencio sepulcral de la cueva. Entonces oí un movimiento por parte de la criatura que tenía cerca, y de nuevo me tocó, y sentí algo parecido a una mano sin vello pasar sobre mi cara hasta tocar el cuello de mi camisa de franela. Y entonces, apagada, pero llena de emoción acumulada, una voz exclamó:

—¡Tom!

Creo que casi me desmayé, tan grande fue la reacción.

—¡Ajor! -conseguí decir-. Ajor, muchacha, ¿es posible que seas tú?

—¡Oh, Tom! -volvió a exclamar ella, con vocecita temblorosa, y se abalanzó hacia mí, sollozando suavemente. Yo no sabía que Ajor pudiera llorar.

Mientras me cortaba mis ligaduras, me dijo que desde la entrada de nuestra cueva había visto a los band-lu salir del bosque conmigo, y que nos había seguido hasta que me trajeron a esta cueva, que había visto estaba situada en el lado opuesto del acantilado donde estaba situada la nuestra. Y así, sabiendo que no podía hacer nada por mí hasta después de que los band-lu durmieran, se apresuró a regresar a nuestra cueva. La alcanzó con dificultad, después de ser atacada por un león de las cavernas que casi acabó con ella. Temblé al comprender el riesgo que había corrido.

Su intención fue esperar hasta después de la medianoche, cuando la mayoría de los carnívoros hubieran terminado sus matanzas, y luego intentar alcanzar la cueva donde yo estaba prisionero y rescatarme. Me explicó que con mi rifle y mi pistola (que me aseguró que sabía usar, después de verme tantas veces hacerlo) planeaba asustar a los band-lu y obligarlos a entregarme. ¡Muchachita valiente! Habría arriesgado voluntariamente la vida por salvarme. Pero poco después de llegar a nuestra cueva oyó voces en sus más lejanos recovecos, e inmediatamente llegó a la conclusión de que habíamos encontrado otra entrada a las cuevas que los band-lu ocupaban en la otra cara del acantilado. Entonces se dispuso a explorar aquellos pasadizos y en medio de una oscuridad total se había abierto paso, guiada solamente por un maravilloso sentido de la dirección, hasta donde yo estaba. Había tenido que avanzar con la mayor de las cautelas para no caer en algún abismo en medio de la oscuridad y en efecto dos veces había estado a punto de caer por agujeros cortados a pico y tuvo que correr los riesgos más temibles para sortearlos. Me estremezco incluso ahora mientras imagino lo que la muchacha tuvo que pasar para liberarme, y cómo aumentó el peligro al cargar consigo con el peso de mis armas y municiones y la incomodidad del largo rifle que no estaba acostumbrada a llevar.

Me dieron ganas de arrodillarme y besarle la mano en reverencia y gratitud; no me avergüenzo en decir que eso fue exactamente lo que hice después de que me liberara de mis ataduras y oyera la historia de sus aventuras. ¡Pequeña y valiente Ajor! ¡Muchacha maravillosa del oscuro, increíble pasado! Nunca antes la habían besado, pero pareció comprender algo del significado de la nueva caricia, pues se inclinó hacia adelante en la oscuridad y depositó sus propios labios en mi frente. Una súbita urgencia se apoderó de mí por abrazarla contra mi pecho y cubrir sus jóvenes y cálidos labios con los besos de un amor real, pero no lo hice, pues sabía que no la amaba; y haberla besado así, con pasión, habría sido causarle un gran daño a ella, que había ofrecido su vida por la mía.

No, Ajor debería estar tan segura conmigo como con su propia madre, si tenía una, cosa que me sentía inclinado a dudar, aunque me había dicho que una vez había sido niña y que su madre la había ocultado. Yo había llegado a dudar que existiera algo parecido a una madre en Caspak, una madre tal como nosotros la conocemos. Desde los bo-lu hasta los kro-lu no hay una palabra que se corresponda a nuestro término madre. Hablan de ata y de cor sva jo, que significan reproducción y desde el principio, y señalan hacia el sur. Pero nadie tiene una madre.

Tras considerables dificultades llegamos a lo que creímos era nuestra cueva, sólo para descubrir que no lo era, y entonces nos dimos cuenta de que estábamos perdidos en los laberintos de la gran caverna. Rehicimos nuestros pasos y buscamos el punto desde el que habíamos partido, pero sólo conseguimos perdernos aún más. Ajor estaba anonadada, no tanto por miedo a nuestra situación, sino por haber perdido aquel maravilloso sentido de la orientación que poseía en común con la mayoría de las otras criaturas de Caspak, y que les hace posible moverse sin errar de un sitio a otro, sin usar brújula o guía.

Seguimos avanzando poco a poco, buscando una salida al mundo exterior, pero dándonos cuenta de que a cada paso podríamos estar internándonos aún más en el corazón de la gran montaña, o dando inútiles círculos en un vago deambular que sólo podría terminar en la muerte. ¡Y la oscuridad! Era casi palpable, y completamente deprimente. Yo tenía cerillas, y en algunos de los lugares más difíciles encendía una, pero no podíamos permitirnos malgastarlas, y por eso tanteábamos el camino muy despacio, haciendo todo lo posible por seguir una dirección general con la esperanza de que acabara por conducirnos a una salida. Cuando encendí las cerillas, advertí que las paredes ya no contenían pinturas, ni había otros indicios de que el hombre se hubiera adentrado tan profundamente en la montaña, ni había rastros de animales de ningún tipo.

Sería difícil calcular cuánto tiempo pasamos deambulando por aquellos negros corredores, subiendo empinadas cuestas, palpando el camino por el borde de pozos sin fondo, sin saber nunca en qué momento podríamos caer a algún abismo y acosados siempre por el omnipresente terror de morir de hambre y sed. Por difícil que fuera, me daba cuenta de que podría haber sido infinitamente peor si hubiera tenido otro acompañante que no fuera Ajor… ¡valiente, tenaz, leal Ajor! Estaba cansada y hambrienta y sedienta, y debía sentirse desanimada, pero nunca vaciló en su alegría. Le pregunté si tenía miedo, y replicó que aquí los wieroo no podrían encontrarla, y que si moría de hambre, al menos moriría conmigo y que estaba contenta de que ese fuera su fin. En ese momento atribuí su actitud a algo parecido a la devoción de un perro por un nuevo amo que había sido amable. Puedo jurar que no consideraba que fuera nada más.

No podía decir si llevábamos prisioneros de la montaña un día o una semana; ni siquiera ahora lo sé. Nos sentimos muy cansados y hambrientos; las horas se arrastraron; dormimos al menos dos veces, y luego nos levantamos y continuamos, cada vez más y más débiles. Había momentos en que la tendencia de los pasadizos era siempre hacia arriba. Fue un trabajo brutal para gente que se encontraba en el estado agotador en el que nos hallábamos, pero nos aferramos tenazmente a ello. Tropezamos y caímos, nos derrumbamos por pura incapacidad física para mantenernos en pie, pero siempre conseguimos levantarnos por fin y continuar. Al principio, cada vez que era posible, caminamos cogidos de la mano para no separarnos, y más tarde, cuando vi que Ajor se debilitaba rápidamente, caminamos el uno al lado del otro, yo sujetándola por la cintura con un brazo. Cuando también yo mostré inequívocas muestras de agotamiento, Ajor sugirió que dejara mis armas y municiones, pero le dije que, puesto que cruzar Caspak sin ellas sin duda significaría la muerte, bien podía correr el riesgo de morir aquí en la caverna con ellas, pues existía la posibilidad de que pudiéramos encontrar el camino a la libertad.

Llegó un momento en que Ajor ya no pudo andar, y entonces la cogí en brazos y la llevé. Ella me suplicó que la dejara, diciendo que después de que encontrara una salida podría volver a recogerla: pero Ajor sabía, y yo sabía que ella sabía, que si alguna vez la dejaba, nunca podría volver a encontrarla. Sin embargo, insistía. Yo apenas tenía fuerzas para dar una docena de pasos seguidos: entonces tuve que dejarme caer y descansar durante cinco o diez minutos. No sé qué fuerza me instó a continuar y me hizo seguir a pesar de la absoluta convicción de que mis esfuerzos eran completamente inútiles. Nos consideraba muertos ya, pero seguí arrastrándome hasta que llegara el momento en que no pudiera levantarme, pues sólo podía avanzar unas pulgadas cada vez, arrastrando a Ajor conmigo. Su dulce voz, ahora casi inaudible por la debilidad, me imploró que la abandonara y me salvara yo: parecía que sólo pensaba en mí. Naturalmente, yo no podría haberla dejado allí sola, no importaba cuánto hubiera podido desear hacerlo; pero el hecho es que no deseaba dejarla. Lo que le dije entonces vino de manera muy simple y natural a mis labios. No podría haber sido de otro modo, imagino, pues con la muerte tan cerca dudo que nadie se sienta muy inclinado a hacer heroicidades.

—Preferiría no salir de aquí jamás, Ajor -le dije-, que hacerlo sin ti.

Estábamos descansando contra una pared de roca, y Ajor se apoyaba en mí, la cabeza sobre mi pecho. Podía sentirla junto a mí, y una mano acarició débilmente mi brazo, pero no dijo nada, pues no eran necesarias más palabras.

Después de unos minutos más de descanso, nos pusimos de nuevo en marcha, completamente desesperados. Pronto me di cuenta de que me debilitaba rápidamente, y al cabo de un rato me vi forzado a admitir que era el fin.

—No tiene sentido, Ajor -dije-. He agotado mis fuerzas. Es posible que, si duermo, pueda continuar más tarde.

Pero sabía que eso no era cierto, y que el final estaba cerca.

—Sí, duerme -dijo Ajor-. Dormiremos juntos… para siempre.

Se arrastró hacia mí, tendido en el suelo, y acomodó su cabeza sobre mi brazo. Con las pocas fuerzas que me quedaban, la atraje hasta que nuestros labios se tocaron, y entonces susurré:

—¡Adiós!

Debí perder el conocimiento casi inmediatamente, pues no recuerdo nada más hasta que de pronto desperté, escapando de un sueño preocupado en el que creí estar ahogándome, y encontré la cueva iluminada por lo que parecía ser la difusa luz del día, y un hilillo de agua manando por el pasadizo abajo y formando un charco y una pequeña depresión donde nos hallábamos Ajor y yo. Volví los ojos rápidamente hacia Ajor, temiendo lo que la luz pudiera revelar, pero ella todavía respiraba, aunque muy débilmente. Entonces busqué una explicación a la luz, y pronto descubrí que procedía de un recodo en el pasadizo justo delante de nosotros y en lo alto de una empinada pendiente, y al instante comprendí que Ajor y yo nos habíamos derrumbado de noche casi en el portal de la salvación. Si por casualidad hubiéramos continuado avanzando unos cuantos metros más, siguiendo cualquiera de los pasadizos que se bifurcaban a partir del nuestro justo por delante, podríamos habernos perdido irremisiblemente. Todavía podíamos estar perdidos, pero al menos moriríamos a la luz del día, fuera de la horrible negrura de esta terrible caverna.

Intenté levantarme, y descubrí que el sueño me había devuelto una porción de mis fuerzas. Entonces probé el agua y me sentí más refrescado. Sacudí suavemente a Ajor por el hombro, pero ella no abrió los ojos, así que recogí un poco de agua en mis manos y la dejé caer entre sus labios. Esto la revivió lo suficiente para que abriera los ojos y, al verme, sonriera.

—¿Qué ha pasado? -preguntó-. ¿Dónde estamos?

—Estamos al final del pasadizo -repliqué-, y la luz del día llega del mundo exterior justo ahí delante. ¡Estamos salvados, Ajor!

Ella se sentó y miró en derredor; entonces, muy femeninamente, se echó a llorar. Fue la reacción, por supuesto, y además estaba muy débil. La cogí en brazos y la tranquilicé como pude y finalmente, con mi ayuda, se puso en pie, pues también ella, como yo, se había recuperado un poco con el sueño. Juntos avanzamos hacia la luz, y en el primer giro vimos una abertura a unos metros ante nosotros y un cielo plomizo más allá, un cielo plomizo del que caía una lluvia chispeante, la autora del pequeño arroyo que nos había dado de beber cuando más lo necesitábamos.

La caverna era húmeda y fría pero cuando salimos por la abertura, el calor pastoso del aire caspakiano nos acarició y nos alivió; incluso la lluvia era más cálida que aquellos oscuros corredores. Ahora teníamos agua, y calor, y yo estaba seguro de que Caspak pronto nos ofrecería carne o fruta. Pero cuando miramos a nuestro alrededor vimos que nos encontrábamos en la cima de los acantilados, donde parecía haber pocos motivos para esperar que hubiera caza. Sin embargo, había árboles, y entre ellos pronto encontramos frutas comestibles con las que acabar con nuestro largo ayuno.

Capítulo IV

Pasamos dos días en lo alto del acantilado, descansando y recuperándonos. Había algunos pequeños animales cuya caza nos proporcionó carne, y los pequeños charcos de agua de lluvia fueron suficientes para saciar nuestra sed.

El sol salió pocas horas después de que emergiéramos de la cueva, y con su calor pronto olvidamos la tristeza que nuestras recientes experiencias nos habían infligido.

Al amanecer del tercer día decidimos buscar un sendero que nos condujera al valle. Bajo nosotros, al norte, vimos una gran laguna al pie de las montañas, y en ella pudimos discernir a las mujeres de los band-lu chapoteando en las aguas poco profundas, mientras más allá y cerca de la base de la poderosa barrera de acantilados había un gran partida de caza de guerreros band-lu que se dirigía al norte. Teníamos una visión espléndida desde nuestro alto acantilado. Tenuemente, al oeste, podíamos ver la orilla más lejana del mar interior, y al suroeste la gran isla del sur se alzaba claramente sobre nosotros. Un poco al noreste se encontraba la isla norte, que Ajor, estremeciéndose, señaló como hogar de los wieroo, la tierra de Oo-oh. Se encontraba al otro lado del lago y apenas era visible, pues se hallaba a más de noventa kilómetros de distancia.

Desde nuestro promontorio, y con aire claro, la habríamos visto perfectamente, pero el aire de Caspak está cargado de humedad, con el resultado de que los objetos lejanos se ven borrosos y confusos. Ajor también me dijo que la tierra situada al este de Oo-oh era su tierra, la tierra de los galu. Señaló los acantilados como su límite sur, que marcaba la frontera, al sur de la cual se encuentra el país de los kro-lu, los arqueros. Ahora sólo teníamos que atravesar el territorio band-lu y el de los kro-lu para encontrarnos en los confines de su propia tierra; pero eso significaba recorrer cincuenta kilómetros de territorio hostil lleno de todos los terrores imaginables, y posiblemente muchos otros más allá de los poderes de la imaginación. Sin duda habría dado mucho por tener mi avión en ese momento, pues con él, en veinte minutos habríamos aterrizado en los confines del territorio de Ajor.

Finalmente encontramos un lugar por el que pudimos deslizamos por el borde del precipicio hasta un estrecho saliente que parecía ser una especie de sendero que seguían los animales hasta al valle, aunque al parecer no había sido utilizado desde hacía algún tiempo. Ayudé a bajar a Ajor, sujeta al extremo de mi rifle, y luego yo mismo bajé, y no me da reparo admitir que sentí los pelos de punta durante todo el proceso, pues la caída era considerable y el saliente era estrecho, pero con Ajor para sujetarme y afirmarme, lo hice bien, y luego bajamos hacia el valle. Hubo otros dos o tres momentos difíciles, pero en su mayor parte fue un descenso fácil, y llegamos a las más altas cuevas de los band-lu sin más problemas. Aquí fuimos más despacio, para no ser descubiertos por algún miembro de la tribu.

Debíamos haber dejado atrás la mitad de las cuevas de los band-lu cuando nos descubrieron, y entonces un tipo enorme se plantó delante de mí, cortándome el paso.

—¿Quién eres? -preguntó. Me reconoció y yo a él, pues era uno de los que me habían llevado a la cueva y me habían atado la noche en que me capturaron.

Miró entonces a Ajor. Era un hombre de buen aspecto y ojos claros e inteligentes, la frente despejada y psique soberbia: hasta el momento, el tipo más elevado de caspakiano que había visto hasta el momento, sin contar a Ajor, por supuesto.

—Tú eres una auténtica galu -le dijo a Ajor-, pero este hombre es de un molde diferente. Tiene la cara de un galu, pero sus armas y las extrañas pieles que lleva en su cuerpo no son de los galus ni de Caspak. ¿Quién es?

—Es Tom -replicó Ajor sucintamente.

—No existe ese pueblo -declaró el band-lu sinceramente, jugando con su lanza de manera muy sugerente.

—Mi nombre es Tom -expliqué-, y soy de un país más allá de Caspak.

Pensé que lo mejor era no alarmarlo si era posible, porque era necesario ahorrar munición y no llamar la atención que un disparo podría hacer recaer sobre nosotros.

—Soy de América, una tierra de la que nunca has oído hablar, y estoy buscando a otros compatriotas míos que están en Caspak y de quienes me he perdido. No tengo nada en contra de ti ni de tu pueblo. Déjanos marchar en paz.

—¿Vas allí? -preguntó, y señaló hacia el norte.

—Sí -repliqué.

Él guardó silencio durante unos minutos, aparentemente sopesando algún pensamiento. Por fin, habló.

—¿Qué es esto? -preguntó-. ¿Y qué es eso?

Señaló primero mi rifle y luego mi pistola.

—Son armas -respondí-, armas que matan a gran distancia.

Señalé a las mujeres de la laguna.

—Con esto -dije, golpeando mi pistola-, podría matar a tantas mujeres como quisiera, sin moverme ni un paso de donde estamos ahora.

Él me miró con incredulidad, pero yo continué.

—Y con esto -sopesé mi rifle-, podría matar a uno de esos lejanos guerreros.

Y señalé con la mano izquierda las diminutas figuras de los cazadores, muy lejos al norte.

El tipo se echó a reír.

—Hazlo -exclamó, divertido-, y entonces puede que crea tu extraña historia.

—Pero no quiero matar a ninguno de ellos -repliqué-. ¿Por qué debería hacerlo?

—¿Por qué no? -insistió él-. Ellos te habrían matado cuando te tuvieron prisionero. Te matarían ahora si pudieran ponerte la mano encima, y te comerían además. Pero sé por qué no lo intentas: porque has dicho mentiras. Tu arma no mata a gran distancia. Es sólo un palo extrañamente forjado. Por lo que sé, no eres más que un bo-lu inferior.

—¿Por qué quieres que mate a tu propio pueblo?

—Ya no son mi pueblo -replicó orgullosamente-. Anoche, justo en mitad de la noche, me llegó la llamada. Llegó así a mi cabeza -y dio una palmada con fuerza-, y supe que me había elevado. Lo estaba esperando desde hace mucho tiempo; hoy soy un kro-lu. Hoy voy a ir a coslupak -(país despoblado o, literalmente, tierra de ningún hombre)-, entre los band-lu y los kro-lu, y allí daré forma a mi arco y mis flechas y mi escudo. Allí cazaré el ciervo rojo para la piel de cuero que será la marca de mi nuevo estado. Cuando haga esas cosas, podré ir al jefe de los kro-lu, y no se atreverá a rechazarme. Por eso debes matar a esos inferiores band-lu si quieres vivir, pues tengo prisa.

—¿Por qué quieres matarme a mí? -pregunté.

Él pareció aturdido y finalmente se encogió de hombros.

—No lo sé -admitió-. Es la costumbre de Caspak. Si no matamos, nos matarán, por tanto es sabio matar primero a quien no pertenezca a tu propio pueblo. Esta mañana me escondí en mi cueva hasta que los demás salieron de caza, pues sabía que comprenderían de inmediato que me había convertido en un kro-lu y me matarían. Me matarán si me encuentran en la coslupak; eso harán los kro-lu si me encuentran antes de que haya ganado mis armas kro-lu y mi piel. Tú me matarías si pudieras, y por ese motivo sé que dices mentiras cuando dices que tus armas me matarán a una gran distancia. Si lo hicieran, hace tiempo que me habrías matado. ¡Vamos! No tengo más tiempo que perder con palabras. Perdonaré a la mujer y me la llevaré conmigo a los kro-lu, pues es agradable.

Y con eso avanzó hacia mí con la lanza alzada.

Tenía el rifle preparado a la altura de la cadera. Y él estaba tan cerca que no necesitaba llevármelo al hombro; sólo tenía que apretar el gatillo para enviarlo al otro mundo. Sin embargo, vacilé. Me resultaba difícil acabar con una vida humana. No podía sentir ninguna enemistad hacia este salvaje bárbaro que actuaba casi por instinto, igual que una bestia salvaje, y hasta el último momento intenté buscar un medio de evitar lo que ahora parecía inevitable. Ajor se encontraba a mi lado, con el cuchillo preparado en la mano y una mueca de desagrado en los labios tras la sugerencia del hombre de que querer llevársela consigo.

Justo cuando pensaba que iba a tener que disparar, las mujeres de la laguna prorrumpieron en un coro de gritos. Vi que el hombre se detenía y miraba hacia abajo, y siguiendo su ejemplo mis ojos advirtieron el pánico y su causa. Las mujeres, evidentemente, habían salido del agua y regresaban a las cavernas cuando fueron atacadas por un monstruoso león de las cavernas que se encontraba directamente entre ellas y el centro del estrecho sendero que serpenteaba entre las rocas. Gritando, las mujeres volvieron corriendo a la laguna.

—No les servirá de nada -observó el hombre, con un rastro de nerviosismo en la voz-. No les servirá de nada, porque el león esperará hasta que salgan y se llevará por delante a cuantas pueda. Y allí hay una -añadió, con tono de tristeza-, que yo esperaba que me siguiera pronto a los kro-lu. Juntos hemos venido desde el principio.

Alzó la lanza por encima de su cabeza y se dispuso a arrojarla contra el león.

—Es la más cercana -murmuró-. La matará y ella nunca vendrá conmigo entre los kro-lu, ni al más allá. ¡Es inútil! No hay guerrero vivo que pueda lanzar un arma a tanta distancia.

Pero mientras él hablaba, yo apunté con el rifle a la gran fiera. Y cuando dejó de hablar, apreté el gatillo. Mi bala debió dar justo donde yo quería, pues alcanzó al león entre los hombros y le atravesó el corazón, haciendo que cayera muerto en el acto. Por un momento las mujeres se mostraron tan aterrorizadas por la detonación del rifle como por la amenaza del león; pero cuando vieron que el fuerte ruido evidentemente había destruido a su enemigo, salieron de la laguna con cautela para examinar el cadáver.

El hombre, a quien apunté inmediatamente después de disparar, no fuera a ser que continuara con su ataque, se me quedó mirando lleno de sorpresa y admiración.

—¿Por qué, si podías hacer eso, no me mataste mucho antes?

—Ya te he dicho que no tengo nada contra ti -repliqué-. No me gusta matar hombres contra los que no tengo nada en contra.

Pero él parecía no entender la idea.

—Ahora creo que no eres de Caspak -admitió-, pues nadie de Caspak habría permitido que se le escapara una oportunidad así.

Más tarde descubrí que esto era una exageración, ya que las tribus de la costa oeste e incluso los kro-lu de la costa este son bastante menos sanguinarios de lo que me había hecho creer.

—¡Y tu arma! -continuó-. Decías palabras verdaderas cuando yo creía que decías mentiras.

Y entonces, de pronto, exclamó:

—¡Seamos amigos!

Yo me volví hacia Ajor.

—¿Puedo confiar en él?

—Sí -contestó ella-. ¿Por qué no? ¿No te ha pedido ser tu amigo?

En ese momento yo no estaba tan familiarizado con las costumbres de Caspak para saber que la fidelidad y la lealtad son dos de las más fuertes características de esa gente primitiva. No tienen la suficiente cultura para haber aprendido a dominar la hipocresía, la traición y el disimulo. Hay, por supuesto, unas cuantas excepciones.

—Podemos ir juntos al norte -continuó el guerrero-. Yo lucharé por ti, y tú podrás luchar por mí. Te serviré hasta la muerte, pues has salvado a So-al, a quien daba por muerta.

Soltó su lanza y se cubrió ambos ojos con las palmas de sus manos. Yo miré a Ajor, quien explicó lo mejor que pudo que ésta era la forma en que los habitantes de Caspak juraban alianza.

—Nunca tendrás que temerlo después de esto -concluyó ella.

—¿Qué debo hacer?

—Apártale las manos de los ojos y devuélvele la lanza -explicó ella.

Hice lo que me decía, y el hombre pareció muy satisfecho. Entonces pregunté qué debería de haber hecho si no deseaba aceptar su amistad. Ellos me dijeron que si me hubiera apartado, en el momento en que el guerrero me hubiera perdido de vista habríamos vuelto a ser enemigos mortales.

—¡Pero si podría haberlo matado fácilmente cuando estaba indefenso! -exclamé.

—Sí -replicó el guerrero-, pero ningún hombre con buen sentido ciega sus ojos ante alguien en quien no confía.

Era un cumplido bastante decente, y me enseñó cuánto podía confiar en la lealtad de mi nuevo amigo. Me alegré de tenerlo con nosotros, pues conocía el terreno y era evidentemente un guerrero intrépido. Deseé poder reclutar a un batallón como él.

Mientras las mujeres se acercaban al acantilado, To-mar el guerrero sugirió que nos dirigiéramos al valle antes de que pudieran interceptarnos, pues podrían intentar detenernos y casi con toda certeza capturarían a Ajor. Así que corrimos por el estrecho sendero, llegando al pie de la montaña poco antes que las mujeres. Ellas nos llamaron, pero continuamos a paso rápido, ya que no queríamos tener problemas con ellas, que sólo podrían acabar con la muerte de algunas.

Habíamos avanzado poco más de un kilómetro cuando oímos que alguien tras nosotros llamaba a To-mar por su nombre, y cuando nos detuvimos y miramos, vimos a una mujer que corría rápidamente a nuestro encuentro. Mientras se acercaba vi que era una criatura muy atractiva, y como todas las de su sexo que había visto en Caspak, aparentemente joven.

—¡Es So-al! -exclamó To-mar-. ¿Está loca siguiéndonos de esa forma?

Un momento después la joven se detuvo, jadeando, ante nosotros. No nos prestó la más mínima atención a Ajor ni a mí, pero devorando a Tomar con sus chispeantes ojos, exclamó:

—¡Me he elevado! ¡Me he elevado!

—¡So-al! -fue todo lo que el hombre pudo decir.

—Sí -continuó ella-, la llamada me vino justo antes de salir de la laguna, pero no sabía que te había llegado a ti también. ¡Puedo verlo en tus ojos, To-mar, mi To-mar! ¡Iremos juntos!

Y se arrojó en sus brazos.

Fue un momento muy emocionante, pues era evidente que habían sido compañeros desde hacía mucho tiempo y que pensaban que iban a ser separados por esa extraña ley evolutiva que se mantiene en Caspak y que se desplegaba lentamente ante mi mente incrédula. No comprendía entonces nada del maravilloso proceso, que se extiende eternamente dentro de los confines de la barrera de arrecifes de Caprona, ni estoy seguro de entenderlo del todo ahora.

To-mar le explicó a So-al que había sido yo quien mató al león de las cavernas y le salvó la vida, y que Ajor era mi mujer y que por tanto se merecía la misma lealtad que me era debida.

Al principio Ajor y So-al fueron como una pareja de gatas desconocidas que se encuentran en un callejón, pero pronto empezaron a aceptarse mutuamente en una especie de tregua armada, y más tarde se hicieron rápidamente amigas. So-al era una joven hermosa, parecida a un tigre en su fuerza y sinuosidad, pero al mismo tiempo dulce y femenina. Ajor y yo llegamos a apreciarla mucho y creo que también ella nos apreció a nosotros. To-mar era todo un hombre: un salvaje, si quieren, pero no menos hombre por eso.

Como descubrimos que viajar en compañía de To-mar hacía nuestro viaje a la vez más fácil y más seguro, Ajor y yo no continuamos nuestro camino solos mientras los novicios retrasaban su acercamiento al país de los kro-lu para poder equiparse adecuadamente con armas y aparejos, sino que permanecimos con ellos. Así nos llegamos a conocer bien, hasta un punto en que temíamos que llegara el día en que ocuparan su sitio entre sus nuevos camaradas y nos viéramos obligados a continuar solos. A To-mar le preocupaba mucho que los kro-lu indudablemente no nos recibirían a Ajor y a mí de manera amistosa, y que por tanto debíamos evitar a esa gente.

Nos habría venido muy bien poder entablar amistad con ellos, ya que su país está junto al de los galus. Su amistad habría significado que los peligros de Ajor habrían quedado prácticamente atrás, y que yo había realizado la mitad de mi viaje. A la vista de lo que he vivido, a menudo me he preguntado qué posibilidades tenía de completar ese viaje en busca de mis amigos. Cuanto más viajaba al sur por el lado oeste de la isla, más terribles eran los peligros ya que me acercaba a los terrenos de los reptiles más espantosos y los peligros de los alus y los ho-lu, que se encontraban en la mitad sur de la isla. ¿Y si no encontraba a los miembros de mi grupo, qué iba a ser de mí? No podría vivir mucho tiempo en ninguna de las partes de Caspak con las que estaba familiarizado. En el momento en que agotara mi munición, valdría tanto como muerto.

Era posible que los galus me recibieran bien, pero ni siquiera Ajor podía asegurar que lo hicieran o no, e incluso suponiendo que me aceptaran, ¿podría rehacer mis pasos desde el principio, después de no encontrar a mi gente, y regresar a la lejana tierra de los galus? Lo dudaba. Sin embargo, estaba aprendiendo de Ajor, que era más o menos una fatalista, una filosofía que era tan necesaria en Caspak para tranquilizar la mente como es la fe al cristiano devoto del mundo exterior.

Capítulo V

Estábamos sentados ante una pequeña hoguera dentro de una gruta segura una noche, poco después de abandonar los acantilados de los band-lu, cuando

So-al planteó una pregunta que nunca se me había ocurrido hacerle a Ajor. Preguntó por qué había dejado a su propio pueblo y cómo había llegado tan al sur, al país de los alus, donde yo la había encontrado.

Al principio Ajor vaciló, pero al final consintió en explicarlo, y por primera vez escuché la historia completa de su origen y experiencias. Para mi beneficio, entró en muchos más detalles de los que habrían sido necesarios si yo hubiera sido nativo de Caspak.

—Soy una cos-ata-lo -comenzó Ajor, y se volvió hacia mí-. Una cos-ata-lo, mi Tom, es una mujer (lo) que no viene de un huevo y así va subiendo desde el principio (Cor sva jo). Fui una niña en el pecho de mi madre. Sólo entre los galus se encuentran, pero poco frecuentemente. Los wieroo se llevan a la mayoría de nosotras, pero mi madre me ocultó hasta que conseguí cierto tamaño y los wieroo ya no pudieron distinguirme de una que hubiera venido desde el principio. Conocía a mi padre y a mi madre, como sólo yo podía. Mi padre es un gran jefe entre los galus. Su nombre es Jor, y tanto él como mi madre venían desde el principio; pero uno de ellos, probablemente mi madre, había completado los siete ciclos -(aproximadamente setecientos años)-, con el resultado de que sus retoños podían ser cos-ata-lo, o nacidos como todos los niños de tu raza, mi Tom, como me has contado. Yo me diferenciaba por tanto de los demás en que mis hijos serían probablemente como soy yo, de un estado de evolución más alto, y por eso era requerida por los hombres de mi pueblo, aunque ninguno me atraía. No me interesaba ninguno. El más insistente era Du-seen, un gran guerrero a quien mi padre temía enormemente, ya que era muy probable que Du-seen pudiera arrebatarle su jefatura de los galus. Tiene gran seguimiento entre los galus más nuevos, los que han subido más recientemente desde los kro-lu, y como esta clase es mucho más poderosa numéricamente que los galus más viejos, y como la ambición de Du-seen no conoce barreras, llevamos mucho tiempo esperando que encuentre alguna excusa para romper con Jor el Gran Jefe, mi padre.

»Otro motivo era que Du-seen me quería, aunque yo no quería nada de él, y entonces mi padre descubrió que estaba conchabado con los wieroo: un cazador, una noche muy tarde, llegó temblando a ver a mi padre, diciendo que había visto a Du-seen hablar con un wieroo en un lugar solitario lejos de la aldea, y que claramente oyó las palabras: «Si me ayudas, te ayudaré: te entregaré a todas las cos-ata-lo entre los galus, ahora y para siempre; pero por ese servicio debes matar a Jor el Gran Jefe y causar terror y confusión entre sus seguidores».

»Cuando mi padre se enteró de esto, se enfureció. Pero también sintió miedo: miedo por mí, que soy cos-ata-lo. Me llamó y me contó lo que había oído, señalando dos formas con las que podríamos frustrar a Du-seen. La primera era que yo me convirtiera en compañera de Du-seen, pues después de eso odiaría tener que entregarme a manos de los wieroo o cumplir el perverso pacto que había hecho… un pacto que condenaría a sus propios retoños, quienes sin duda serían como yo soy, su madre. La alternativa era huir hasta que Du-seen hubiera sido vencido y castigado. Elegí lo segundo y hui al sur. Más allá de los confines del país galu hay poco peligro por parte de los wieroo, quienes buscan normalmente a los galus de las órdenes superiores. Hay dos motivos excelentes para esto: Uno es que desde el principio del tiempo ha existido animosidad entre los wieroo y los galus para ver quién acabará dominando el mundo. Generalmente se admite que la raza que primero llegue a un punto de la evolución que permita producir hijos de su propia especie y de ambos sexos dominará a todas las otras criaturas. Los wieroo empezaron primero a producir a los suyos propios… no se sabe por qué la evolución de galu a wieroo cesó gradualmente, pero los wieroo sólo producen varones, y por eso roban a nuestras hembras jóvenes, y al robar a las cos-ata-lo aumentan sus propias posibilidades de reproducir ambos sexos y al mismo tiempo reducen las nuestras. Los galus ya producen varones y hembras, pero los wieroo nos vigilan con tanta atención que sólo pocos machos llegan a ser adultos, mientras que aún son menores las hembras que no son robadas. Es en efecto una extraña situación, pues aunque nuestros mayores enemigos nos odian y nos temen, no se atreven a exterminarnos, sabiendo que también se exterminarían si no fuera por nosotros.

»Ah, pero podríamos tener ventaja, estoy segura, cuando todos los verdaderos cos-ata-lo evolucionaran por fin para convertirse en la verdadera raza dominante ante la que el mundo entero tendría que inclinarse.

Ajor siempre hablaba del mundo como si no existiera nada más allá de Caspak. No parecía comprender la verdad de mi origen ni que hubiera incontables pueblos al otro lado de la barrera de acantilados. Al parecer consideraba que yo procedía de un mundo completamente distinto. Dónde estaba y cómo llegué yo a Caspak eran asuntos que la superaban tanto que rehusaba a preocuparse por ello.

—Bien -continuó-, así que me escapé para esconderme, con la intención de dejar atrás las montañas al sur de Galu y encontrar refugio en el país de los kro-lu. Sería peligroso, pero no parecía haber otra manera.

»La tercera noche me refugié en una gran cueva en los acantilados, al borde de mi propio país; al día siguiente cruzaría al país de los kro-lu, donde me parecía que me encontraría razonablemente a salvo de los wieroo, aunque amenazada por otros incontables peligros. Sin embargo, para una cos-ata-lo cualquier destino es preferible a caer en las garras de los temibles wieroo, de cuya tierra no regresa nadie.

»Llevaba durmiendo pacíficamente varias horas cuando me despertó un leve ruido dentro de la caverna. La luna brillaba, iluminando la entrada, contra la que vi recortada la temible silueta de un wieroo. No había huida posible. La caverna era poco profunda, la entrada estrecha. Me quedé muy quieta, esperando contra toda esperanza, que la criatura se hubiera detenido allí a descansar y se marchara pronto sin descubrirme, pero al mismo tiempo sabía que iba buscándome.

»Esperé, sin atreverme a respirar, viendo cómo la cosa se arrastraba hacia mí sus grandes ojos brillando en la oscuridad del interior de la cueva, y por fin supe que esos ojos me miraban directamente, pues los wieroo pueden ver en la oscuridad mejor incluso que el león y el tigre. Unos pocos pasos nos separaban cuando me puse en pie de un salto y corrí locamente hacia mi acechante en un vano esfuerzo de esquivarlo y llegar al mundo exterior. Fue una locura, por supuesto, pues aunque hubiera conseguido hacerlo, el wieroo me habría seguido y atacado desde arriba. De todas formas, me agarró, y aunque me debatí, me venció. En el duelo, su larga túnica blanca se le desgarró, y se enfureció mucho, de modo que empezó a temblar y batió sus alas lleno de ira.

»Me preguntó mi nombre, pero yo no quise contestarle, y eso lo enfureció aún más. Por fin me arrastró hasta la entrada de la cueva, me cogió en brazos, desplegó sus grandes alas y saltó al aire para surcar la noche. Vi el paisaje iluminado por la luna quedar atrás, y entonces nos encontramos sobre el mar, camino de Oo-oh, el país de los wieroo.

»Los oscuros contornos de Oo-oh se dibujaban bajo nosotros cuando desde arriba llegó el fuerte batir de alas gigantescas. El wieroo y yo alzamos la cabeza simultáneamente, y vimos a un par de grandes jo-oos -(reptiles voladores; pterodáctilos)-, que nos atacaban. El wieroo giró en el aire y bajó casi hasta el nivel del mar, y entonces corrió hacia el sur intentando dejar atrás a nuestros perseguidores. Las grandes criaturas, a pesar de su enorme peso, son rápidas con sus alas; pero las de los wieroo son más rápidas. Incluso con mi peso añadido, la criatura que me sujetaba mantuvo la distancia, aunque no pudo aumentarla. Más rápido que el viento más rápido volamos a través de la noche, hacia el sur, siguiendo la costa. A veces nos elevábamos a grandes alturas, donde el aire era frío y el mundo de abajo apenas un borrón de oscuridad. Pero siempre los jo-oos se mantuvieron cerca.

»Yo sabía que habíamos cubierto una gran distancia, pues el batir del viento en mi cara atestiguaba la velocidad de nuestro avance, pero no tenía ni idea de dónde estábamos cuando por fin me di cuenta de que el wieroo se estaba debilitando. Uno de los jo-oos nos ganó terreno y consiguió alcanzarnos, de modo que mi captor tuvo que girar hacia la costa. Cada vez lo fueron obligando a ir más y más a la izquierda, a descender más y más. Su respiración era entrecortada, y los golpes de sus poderosas alas cada vez más débiles. No estábamos ni a tres metros sobre el suelo cuando los jo-oos nos alcanzaron, en la linde de un bosque. Uno de ellos agarró al wieroo por el ala derecha, y en un esfuerzo por liberarse, el wieroo me soltó y caí a tierra. Como un ecca asustado me puse en pie de un salto y corrí hacia el refugio del bosque, donde sabía que ninguno de ellos podría seguirme ni atraparme. Entonces me di la vuelta y miré atrás para ver cómo los dos grandes reptiles despedazaban a mi secuestrador y lo devoraban en el acto.

»Estaba a salvo, aunque perdida. No podía imaginar a qué distancia estaba del país de los galus, y no parecía probable que pudiera regresar a mi tierra.

»Estaba amaneciendo. Pronto los carnívoros empezarían a buscar sus primeras presas: yo estaba armada solamente con mi cuchillo. A mi alrededor el paisaje era extraño: las flores, los árboles, las hierbas incluso, eran diferentes a las de mi mundo del norte, y de pronto ante mí apareció una criatura tan horrible como el wieroo: una especie de hombre peludo que apenas se mantenía erguido. Me estremecí, y eché a correr. Hui de los horribles peligros que mis antepasados habían soportado en las primeras etapas de su evolución humana, siempre perseguida por el monstruo peludo que me había descubierto. Más tarde se le unieron otros de los suyos. Eran los hombres sin habla, los alus, de quienes tú me rescataste, mi Tom. ¡A partir de ahí, conoces la historia de mis aventuras, y desde el principio lo soportaría otra vez todo porque me llevaron a ti!

Fue muy amable al decir aquello, y yo lo agradecí. Pensaba que era una muchacha admirable de cuya amistad podría enorgullecerse cualquiera, pero deseaba que, cuando me tocaba, no me recorriera aquella peculiar emoción. Era muy incómoda, porque me recordaba al amor, y yo sabía que nunca podría amar a esta pequeña bárbara a medio cocer. Me interesó mucho su descripción del wieroo, que hasta ese momento había considerado una criatura puramente mitológica; pero Ajor se estremecía tanto ante la sola mención del nombre que no quise insistir en el tema, y por eso los wieroo continuaron siendo un misterio para mí.

Aunque los wieroo me interesaban enormemente, tuve poco tiempo para pensar en ellos, ya que nos pasábamos las horas del día ocupados con las necesidades de la existencia: la constante batalla por la supervivencia que es la principal ocupación de los caspakianos. To-mar y So-al estaban ya equipados para su ingreso en la sociedad kro-lu y por tanto debían dejarnos, pues nosotros no podíamos acompañarlos sin correr grandes peligros nosotros mismos y ponerlos en peligro a ellos. Pero cada uno juró ser siempre amigo nuestro y nos aseguraron que en caso de que necesitáramos su ayuda no teníamos más que pedirla. No dudé de su sinceridad, porque habíamos sido indispensables para traerlos a salvo a la aldea de los kro-lu.

Ese fue nuestro último día juntos. Por la tarde nos separaríamos. Tomar y

So-al fueron directamente a la aldea kro-lu, mientras que Ajor y yo nos desviamos para evitar un conflicto con los arqueros. To-mar y So-al mostraron síntomas de nerviosismo cuando llegó el momento de acercarse a la aldea de su nuevo pueblo, pero a la vez se sentían orgullosos y felices. Nos dijeron que serían bien recibidos ya que las incorporaciones a una tribu son siempre bienvenidas, y a medida que la distancia desde el principio aumentaba, las tribus o razas más altas eran mucho más débiles numéricamente que las más bajas. El extremo sur de la isla rebosa de ho-lu, o simios; por encima están los alus, que son ligeramente inferiores en número que los ho-lu; y de nuevo hay menos bo-lu que alus, y menos sto-lu que bo-lu. Los kro-lu son inferiores en número a todos los demás, y aquí la ley se invierte, pues los galus superan a los kro-lu. Como me explicó Ajor, el motivo es que como la evolución cesa prácticamente con los galus, de los que no hay más, pues incluso los cos-ata-lo son considerados galus y permanecen con ellos. Y los galus procedían de las costas este y oeste. También hay menos reptiles carnívoros en el extremo norte de la isla, y no tantos de los grandes y feroces felinos como los que cobran su horrible precio entre las razas más al sur.

Por fin estaba haciéndome a la idea del esquema de la evolución en Caspak, que en parte explicaba la falta de jóvenes entre las razas que había visto hasta ahora. En su camino desde el principio, el caspakiano pasa, durante una sola existencia, a través de las diversas etapas de la evolución, o al menos muchas de ellas, las mismas por las que la raza humana ha pasado durante incontables épocas desde que la vida se agitó por primera vez en un nuevo mundo. Pero la cuestión que continuaba intrigándome era: ¿qué crea la vida en el principio, cor sva jo?

Había advertido que mientras nos dirigíamos al norte desde el país de los alus, el terreno se había ido elevando lentamente y ahora estábamos a varias docenas de metros por encima del nivel del mar interior. Ajor me dijo que el país de los galus estaba todavía más alto y era considerablemente más frío, lo que explicaba la escasez de reptiles. El cambio en formas y especies de los animales inferiores era aún más marcado que las etapas evolutivas del hombre. Los diminutos ecca, o caballos pequeños, se convertían en pequeños ponis de piel hirsuta en el país de los kro-lu. Vi gran número de pequeños leones y tigres, aunque muchos de los grandes persistían aún, mientras que el mamut lanudo se advertía más, igual que algunas variedades de labyrinthadonta. Estas criaturas, de las que Dios me libre, eran de esperar más al sur: por algún motivo inexplicable consiguen su masa más grande en los países de los kro-lu y los galus, aunque por fortuna son raros. Imagino que son una vida muy antigua que se acerca rápidamente a la extinción en Caspak, aunque dondequiera que se encuentran constituyen una amenaza para todas las formas de vida.

Era media tarde cuando To-mar y So-al se despidieron de nosotros. No estábamos lejos de la aldea kro-lu; de hecho, nos habíamos acercado mucho más de lo que pretendíamos, y ahora Ajor y yo tuvimos que hacer un desvío hacia el mar mientras nuestros compañeros iban directamente en busca del jefe kro-lu. Ajor y yo habíamos recorrido algo más de un kilómetro y estábamos a punto de salir de un tupido bosque cuando vi ante nosotros algo que me hizo ocultarme y al mismo tiempo empujar a Ajor detrás de mí. Lo que vi fue una partida de guerreros band-lu: hombres grandes y de aspecto feroz. Por la dirección en que marchaban vi que regresaban a sus cuevas, y que si permanecíamos donde estábamos, pasarían de largo sin descubrirnos.

Poco después Ajor me dio un codazo.

—Tienen un prisionero -susurró-. Es un kro-lu.

Y entonces lo vi, el primer kro-lu plenamente desarrollado que veía. Era un salvaje de buen aspecto, alto y erguido, con porte regio. To-mar era un hombre guapo, pero este kro-lu mostraba claramente en todos sus atributos físicos un plano superior de evolución. Mientras To-mar acababa de entrar en la esfera kro-lu, me pareció que este hombre debía estar cerca del siguiente paso de su desarrollo, que lo convertiría en un envidiado galu.

—¿Lo matarán? -le pregunté a Ajor.

—La danza de la muerte -respondió ella, y yo me estremecí, tan recientemente había escapado del mismo destino.

Parecía cruel que alguien que había sobrevivido a todas las temibles etapas de la evolución humana en Caspak debiera morir a las mismas puertas de su objetivo. Me llevé el rifle al hombro y apunté con cuidado a uno de los band-lu. Si lo alcanzaba, le daría a dos, pues otro hombre estaba directamente detrás del primero.

Ajor me tocó el brazo.

—¿Qué vas a hacer? -preguntó-. Todos son nuestros enemigos.

—Voy a salvarlo de la danza de la muerte, enemigo o no -repliqué, y apreté el gatillo.

Con la detonación, los dos band-lu cayeron de bruces. Le entregué mi rifle a Ajor, y tras desenfundar mi pistola me planté ante el sorprendido grupo. Los band-lu no huyeron como habían hecho algunas de las órdenes inferiores con el sonido del rifle. En cambio, en el momento en que me vieron, soltaron una serie de demoníacos gritos de guerra y, alzando las lanzas por encima de sus cabezas, me atacaron.

El kro-lu permaneció silencioso y estatuario, contemplando lo que sucedía. No hizo ningún intento por escapar, aunque no tenía los pies atados y ninguno de los guerreros se quedó a vigilarlo. Eran diez los band-lu que venían hacia mí. Abatí a tres de ellos con mi pistola tan rápidamente como un hombre podría contar hasta tres, y entonces mi rifle habló cerca de mi hombro izquierdo, y otro de ellos se tambaleó y cayó al suelo. ¡Valiente Ajor! Nunca había disparado antes en toda su vida, aunque yo le había enseñado a apuntar y a apretar el gatillo con suavidad. Había practicado a menudo, pero yo no esperaba haber hecho de ella una tiradora de precisión tan rápidamente.

Con seis compañeros apartados tan fácilmente de la lucha, los otros seis restantes buscaron refugio entre unos matorrales y comenzaron un consejo de guerra. Deseé que se marcharan, pues no quería desperdiciar munición, y temía que si preparaban otro ataque algunos de ellos llegaran a alcanzarnos, pues ya estaban bastante cerca. De repente uno de ellos se levantó y arrojó su lanza. Fue la más maravillosa exhibición de velocidad de la que he sido testigo jamás. Me pareció que apenas se había enderezado cuando la lanza había recorrido ya la mitad de su camino, cayendo como una flecha hacia Ajor. ¡Y fue entonces, con aquella pequeña vida en peligro, cuando hice el mejor disparo de mi vida! No apunté conscientemente; fue como si mi mente subconsciente, impulsada por un poder aún más fuerte que la autoconservación, dirigiera mi mano. ¡Ajor estaba en peligro! Simultáneamente al pensamiento mi pistola ocupó su posición, una veta de pólvora incandescente marcó el camino de la bala desde su boca; y la lanza, quebrada la punta, se desvió de su camino. Con un aullido de desazón los seis band-lu abandonaron su escondite y corrieron hacia el sur.

Me volví hacia Ajor. Estaba muy blanca y con los ojos muy abiertos, pues los dedos de la muerte habían estado a punto de alcanzarla. Una pequeña sonrisa asomó a sus labios, y una expresión de gran orgullo a sus ojos.

—¡Mi Tom! -dijo, y tomó mi mano en la suya. Eso fue todo, «¡Mi Tom!», y un apretón en la mano. ¡Su Tom! Algo se agitó en mi interior. ¿Era júbilo o era consternación? ¡Imposible! Me di la vuelta, casi con brusquedad.

—¡Vamos! -dije, y avancé hacia el kro-lu prisionero.

El kro-lu se nos quedó mirando con estólida indiferencia. Supongo que esperaba que lo matara; pero si así era, no mostró ningún signo externo de temor. Sus ojos, indicando su gran interés, estaban fijos en mi pistola o el rifle que todavía llevaba Ajor. Corté sus ligaduras con mi cuchillo. Mientras lo hacía, una expresión de sorpresa tiñó y animó la altiva reserva de su semblante. Me miró, intrigado.

—¿Por qué haces esto conmigo? -preguntó.

—Eres libre -respondí-. Vete a casa, si quieres.

—¿Por qué no me matas? -inquirió-. Estoy indefenso.

—¿Por qué debería matarte? He arriesgado la vida y la de esta joven dama para salvar la tuya. ¿Por qué, por tanto, debería tomarla ahora?

Naturalmente, no dije «joven dama», ya que no hay ningún término caspakiano equivalente; pero tengo que tomarme considerables libertades con la traducción de las conversaciones en caspakiano. Hablar siempre de una hermosa joven como una «ella» puede ser literal, pero dista mucho de ser galante.

El kro-lu concentró su firme mirada en mí durante al menos un minuto. Entonces volvió a hablar.

—¿Quién eres tú, hombre de muchas pieles? -preguntó-. Tu ella es galu; pero tú no eres ni galu ni kro-lu ni brand-lu, ni ningún otro tipo de hombre que yo haya visto antes. Dime de dónde viene un guerrero tan poderoso y un enemigo tan poderoso.

—Es una larga historia -respondí-, pero basta decir que no soy de Caspak. Soy extranjero aquí, y, aceptémoslo, no soy tu enemigo. No tengo ningún deseo de ser enemigo de ningún hombre de Caspak, con la posible excepción del guerrero galu Du-seen.

—¡Du-seen! -exclamó él-. ¿Eres enemigo de Du-seen? ¿Y por qué?

—Porque quiso hacer daño a Ajor -repliqué-. ¿Lo conoces?

—No puede conocerlo -dijo Ajor-. Du-seen se alzó de entre los kro-lu hace mucho tiempo, y tomó un nuevo nombre, como hacen todos cuando llegan a una nueva esfera. No puede conocerlo, ya que no hay ninguna relación entre los kro-lu y los galus.

El guerrero sonrió.

—Du-seen se alzó no hace tanto como para que no lo recuerde bien -dijo-, y recientemente ha decidido acabar con las antiguas leyes de Caspak: ha tenido relación con los kro-lu. Du-seen quiere ser jefe de los galus, y ha acudido a los kro-lu en busca de ayuda.

Ajor se quedó de una pieza. Aquello era increíble. Nunca habían tenido relaciones amistosas los kro-lu y los galus: según las salvajes leyes de Caspak eran enemigos mortales, pues sólo así pueden mantener su individualidad las diversas razas.

—¿Se unirán a él los kro-lu? -preguntó Ajor-. ¿Invadirán el país de Jor, mi padre?

—Los kro-lu más jóvenes favorecen el plan -replicó el guerrero-, pues creen que así se convertirán en galus inmediatamente. Esperan evitar los largos años de cambio que deben pasar en el curso ordinario de los hechos y de un solo golpe convertirse en galus. Los que somos kro-lu mayores les decimos que aunque ocupen la tierra de los galu y lleven las pieles y adornos del pueblo dorado, seguirán sin ser galus hasta que llegue el momento en que estén maduros para elevarse. También les decimos que nunca se convertirán en una auténtica raza galus, ya que seguirá habiendo entre ellos algunos que no podrán elevarse. Una cosa es atacar de vez en cuando el país galu para saquearlo, como nuestro pueblo hace, pero intentar conquistarlo y mantenerlo es una locura. Por mi parte, me contento con esperar hasta que me llegue la llamada. Siento que no puede estar lejos.

—¿Cuál es tu nombre? -preguntó Ajor.

—Chal-az -respondió el hombre.

—¿Eres el jefe de los kro-lu?

—No, es Altan quien es jefe de los kro-lu del este -respondió Chal-az.

—¿Y está en contra del plan para invadir el país de mi padre?

—Por desgracia está a favor -respondió el hombre-, ya que acaba de llegar a la conclusión de que es batu. Ha sido jefe desde siempre, antes de que llegara de los band-lu, y no he podido ver ningún cambio en él en todos estos años. De hecho, todavía parece más band-lu que kro-lu. Sin embargo, es un buen jefe y un poderoso guerrero, y si Du-seen lo persuade para su causa, los galus puede que tengan un jefe kro-lu antes de que pase mucho tiempo… Du-seen además de los otros, pues Al-tan nunca consentirá en ocupar una posición subordinada, y una vez que plante un pie victorioso en Galu, no lo retirará sin lucha.

Les pregunté qué significaba batu, ya que no había oído antes la palabra. Traducida literalmente, es equivalente a acabado, terminado, y se aplica al progreso evolutivo individual en Caspak, y con esta información se desarrolló el interesante hecho de que no todos los individuos son capaces de elevarse a través de todas las etapas hasta la de los galus. Algunos nunca progresan más allá del estado alu; otros se detienen como bo-lu, como sto-lu, como band-lu o como kro-lu. Los ho-lu de la primera generación pueden llegar a convertirse en alus; los alus de la segunda generación pueden convertirse en bo-lu, mientras que hacen falta tres generaciones de bo-lu para convertirse en band-lu, y así hasta que el progenitor kro-lu por un lado debe ser de la sexta generación.

No me quedó suficientemente claro ni siquiera con esta explicación, pues no podía comprender cómo podía haber distintas generaciones de gente que al parecer no tenía hijos. Sin embargo empecé a ver un leve atisbo de las extrañas leyes que gobiernan la propagación y la evolución en esta extraña tierra. Ya conocía que las charcas cálidas que siempre se encuentran cerca de los terrenos tribales estaban muy relacionadas con el esquema evolutivo caspakiano, y que la diaria inmersión de las hembras en las aguas verdes y fangosas era una respuesta a alguna ley natural, ya que no se podía obtener placer ni limpieza de lo que casi parecía un rito religioso. Sin embargo, seguía sin entenderlo, ni al parecer Ajor podía iluminarme, pues se veía obligada a usar palabras que yo no lograba comprender y cuyo significado le era imposible explicar.

Mientras hablábamos, nos sorprendió una conmoción entre los matorrales y entre los troncos de los árboles que nos rodeaban, y simultáneamente un centenar de guerreros kro-lu aparecieron y nos rodearon. Saludaron a Chal-az con una andanada de preguntas mientras se acercaban lentamente desde todas direcciones, sus pesados arcos equipados con largas y afiladas flechas. Nos miraron a Ajor ya mí con deseo en un caso y recelo en el otro, pero después de que escucharan la historia de Chal-az, su actitud fue más amistosa. Un gran salvaje se encargó de hablar. Era una montaña humana, aunque perfectamente proporcionado.

—Este es el jefe Al-tan -dijo Chal-az a modo de presentación.

Entonces le contó mi historia, y Al-tan me hizo muchas preguntas sobre la tierra de la que procedía. Los guerreros se congregaron alrededor para oír mis respuestas, y hubo muchas expresiones de incredulidad mientras hablaba de lo que para ellos era otro mundo, del yate que me había traído sobre las vastas aguas, y del avión que me había traído como un jo-oo sobre la cumbre de las montañas. Fue la mención del hidroavión lo que precipitó el primer clamor escéptico, y entonces Ajor salió en mi defensa.

—¡Yo lo vi con mis propios ojos! -exclamó-. Lo vi volar por el aire en batalla con un jo-oo. Los alus me estaban persiguiendo, y lo vieron y huyeron.

—¿De quién es esta ella? -exigió Al-tan de repente, los ojos fijos ferozmente en Ajor.

—Ella es mía -respondí, aunque no sé qué fuerza me impulsó a decirlo. Pero un instante después me alegré de haber dicho esas palabras, pues la expresión del rostro orgulloso y feliz de Ajor fue recompensa suficiente.

Al-tan la miró durante varios minutos y luego se volvió hacia mí.

—¿Puedes conservarla? -preguntó, con una leve mueca de desdén en el rostro.

Yo coloqué la palma de la mano sobre mi pistola y contesté que podía. Él vio el movimiento, miró la culata de la automática que sobresalía de su cartuchera, y sonrió. Entonces se dio la vuelta y, tras alzar su gran arco, colocó una flecha y tensó la cuerda. Sus guerreros, con rostro sonriente, lo observaron en silencio. Su arco era el más fuerte y el más pesado de todos. Un hombre poderoso debía ser para tensarlo; sin embargo, Al-tan tiró de la cuerda hasta que la punta de piedra de la flecha tocó su índice izquierdo, y lo hizo con suma facilidad. Entonces alzó la flecha hasta el nivel de su ojo derecho, la mantuvo allí durante un instante y la soltó. Cuando la flecha se detuvo, había atravesado hasta asomar la mitad por el tronco de un árbol situado a quince metros de distancia. Al-tan y sus guerreros se volvieron hacia mí con expresiones de inmensa satisfacción en los rostros, y entonces, al parecer para exhibirse ante Ajor, el jefezuelo se balanceó un par de veces, haciendo oscilar sus grandes brazos y sus fornidos hombros, como un vencedor borracho en un baile de verbena.

Vi que algún tipo de respuesta era necesaria, así que con un solo movimiento desenfundé mi pistola, apunté a la flecha que todavía temblaba y apreté el gatillo. Al sonido de la detonación, los kro-lu saltaron hacia atrás y alzaron sus armas; pero como yo sonreía, se calmaron y volvieron a bajarlas, siguiendo mi mirada hasta el árbol: la flecha de su jefe había desaparecido, y a través del tronco del árbol se veía un agujero que marcaba el paso de mi bala. Fue un disparo si puedo decirlo, y la necesidad tuvo que guiar aquella bala: yo simplemente tenía que hacer un buen tiro, para poder establecer inmediatamente mi posición, pero no estoy seguro de que eso ayudara a mi causa con Al-tan. Mientras que podría haber condescendido para tolerarme como una curiosidad inofensiva e interesante, ahora, por el cambio en su expresión, parecía considerarme bajo una nueva y desfavorable luz. No puedo extrañarme, conociendo a los de su calaña, ¿pues no lo había dejado en ridículo ante los ojos de sus guerreros, venciéndolo en su propio juego? ¿Qué rey, salvaje o civilizado, podría perdonar tal imprudencia? Al ver sus negras miradas, consideré pertinente, sobre todo por bien de Ajor, poner fin a la entrevista y continuar nuestro camino. Pero cuando me dispuse a hacerlo, Al-tan nos detuvo con un gesto, y sus guerreros nos rodearon.

—¿Qué significa esto? -exigí, y antes de que Al-tan pudiera responder, Cha-laz alzó la voz en nuestra defensa.

—¿Es esta la gratitud de un jefe kro-lu, hacia alguien que te ha servido salvando a uno de tus guerreros del enemigo… salvándolo de la danza de la muerte de los band-lu?

Al-tan guardó silencio durante un instante, y entonces su ceño se despejó, y la leve imitación de una expresión agradable luchó por cobrar vida mientras decía:

—El extranjero no será dañado. Sólo quería retenerlo para que pueda participar esta noche en el festín de la aldea de Al-tan el kro-lu. Por la mañana puede continuar su camino. Al-tan no lo retrasará.

Yo no me quedé tranquilo del todo, pero quería ver el interior de la aldea kro-lu, y de todas formas sabía que si Al-tan pretendía traicionarnos no estaría más en su poder por la mañana que ahora mismo. De hecho, durante la noche podría encontrar alguna oportunidad para escapar con Ajor, mientras que en este momento ninguno de nosotros podía esperar escapar ileso del círculo de guerreros. Por tanto, para desarmarlo de cualquier pensamiento que yo pudiera tener respecto a su sinceridad, acepté de inmediato y cortésmente su invitación. Su satisfacción fue evidente, y cuando partimos hacia su aldea caminó a mi lado, haciendo muchas preguntas sobre el país de donde yo procedía, sus gentes y sus costumbres. Parecía muy intrigado por el hecho de que pudiéramos caminar de día o de noche sin miedo a ser devorados por bestias o reptiles salvajes, y cuando le hablé de los grandes ejércitos que tenemos, su mente simple no pudo comprender el hecho de que existieran solamente para matar seres humanos.

—Me alegro de no habitar en tu país entre gentes tan salvajes -dijo-. Aquí, en Caspak, los hombres se enfrentan a los hombres cuando se encuentran… hombres de diferentes razas, pero sus armas son primero para matar a las bestias en la caza o para defenderse. No creamos armas solamente para matar hombres como hace tu gente. Tu país debe ser un país salvaje, y has tenido suerte de poder escapar y llegar a la paz y seguridad de Caspak.

Ese era un punto de vista nuevo y refrescante: yo no podía contradecirlo después de lo que le había contado a Altan de la gran guerra que asolaba Europa desde hacía más de dos años antes de que yo saliera de casa.

Camino de la aldea de los kro-lu fuimos continuamente acechados por innumerables depredadores, y tres veces nos atacaron criaturas terribles: pero Al-tan no les dio importancia, y se abalanzaba con la lanza levantada o disparaba una flecha al cuerpo del atacante y luego regresaba a nuestra conversación como si no se hubiera producido ninguna interrupción. Dos veces fueron heridos los miembros de la partida, y uno murió al ser atacado por un enorme y belicoso rinoceronte; pero en el instante en que la acción terminaba, era como si nunca hubiera ocurrido. Quitaban al muerto sus pertenencias y lo dejaban donde había caído: los carnívoros se encargarían de su entierro. Los trofeos que estos kro-lu dejaban a los comedores de carne habrían vuelto verde de envidia a un cazador inglés. Es cierto que cortaron todas las partes comestibles del rinoceronte y se las llevaron a casa, pero ya estaban lastrados por los productos de la cacería, y sólo el hecho de que son particularmente aficionados a la carne de rinoceronte les indujo a llevársela.

Se llevaron la piel de las piezas que seleccionaron, ya que la usan para sandalias, escudos, los mangos de sus cuchillos y diversos otros propósitos donde la piel dura es necesaria. A mí me interesaron mucho sus escudos, sobre todo después de ver uno en defensa contra el ataque de un tigre de dientes de sable. La enorme criatura nos había atacado sin avisar tras salir de entre un grupo de tupidos matorrales donde estaba tendido después de comer. Fue recibido por una lluvia de lanzas, algunas de las cuales lo atravesaron por completo, con tanta fuerza fueron arrojadas. El ataque fue desde una distancia muy corta, lo que requirió el uso de la lanza en vez del arco y las flechas; pero después de arrojar las lanzas, los hombres que no estaban directamente en su camino lanzaron una andanada de flechas tras otra con rapidez casi increíble.

La bestia, rugiendo de dolor y furia, cayó sobre Chal-az mientras yo no me atrevía a utilizar mi rifle por miedo a herir a alguno de los guerreros que estaban cerca. Pero Chal-az estaba preparado. Tras hacer a un lado su arco, se agazapó tras su gran escudo ovalado, en el centro del cual había un agujero de unos doce centímetros de diámetro. Sostenía el escudo con lazos tensos en su brazo izquierdo, mientras que en su mano derecha empuñaba su pesado cuchillo. Cubierto de lanzas y flechas, el gato se abalanzó sobre el escudo, y Chal-az cayó de espaldas, cubierto completamente por el escudo. El tigre arañó y mordió la gruesa piel de rinoceronte que recubría el escudo, mientras Chal-az, a través del agujero redondo del centro, apuñalaba repetidamente las partes vitales del salvaje animal. Sin duda la batalla se habría decantado hacia Chal-az aunque yo no hubiera interferido, pero en el momento en que vi una ocasión clara, sin ningún kro-lu en medio, alcé mi rifle y maté a la bestia.

Cuando Chal-az se levantó, miró al cielo y observó que parecía que iba a llover. Los otros ya habían reemprendido el camino hacia la aldea. El incidente quedó zanjado. Por algún motivo inexplicable todo el asunto me recordó a un amigo que una vez mató a un gato en su patio. Durante tres semanas no habló de otra cosa.

Casi había oscurecido cuando llegamos a la aldea, una gran plaza de varios centenares de chozas de techo de paja, dispuestas en grupos de dos a siete, y rodeada por una empalizada. Las chozas eran de forma hexagonal, y cuando se agrupaban parecían las celdas de un panal. La empalizada que rodeaba la aldea estaba hecha de troncos unidos y convertidos en una sólida muralla con duras enredaderas plantadas en su base que se entretejían alrededor de los troncos, que asomaban hacia afuera en un ángulo de unos treinta grados, en una posición que sostenían troncos más cortos clavados en el suelo en ángulo recto a ellos, con los extremos superiores sosteniendo los más grandes un poco por encima de su centro de equilibrio. En lo alto de la empalizada había colocadas estacas afiladas en todo tipo de ángulos.

La única entrada era a través de una pequeña abertura de un metro de ancho y un metro de alto, cerrada desde dentro con troncos de unos dos metros de largo, colocados en horizontal, uno encima de otro, entre la cara interior de la empalizada y otros dos troncos entrelazados y paralelos a la pared.

Cuando entramos en la aldea fuimos recibidos por una muchedumbre de curiosos guerreros y mujeres, a quienes Chal-az explicó generosamente el servicio que le habíamos prestado, y que por tanto nos mostraran las mejores atenciones, pues parecía que Chal-az era un miembro muy apreciado por la tribu. Nos pusieron collares de dientes de león y tigre y pieles finamente curtidas y nos entregaron vasijas de barro hermosamente decorados, mientras Al-tan nos miraba resentido, al parecer celoso de las atenciones que nos dirigían porque habíamos ayudado a Chal-az.

Por fin llegamos a una choza que habían seleccionado aparte para nosotros, y allí cocinamos nuestra carne y algunas verduras que nos trajeron las mujeres, y bebimos leche de vaca (la primera que probaba en Caspak) y queso de cabra salvaje, con miel y pan fino hecho con la harina de trigo de su propia cosecha, y uvas y jugo fermentado de uvas. Fue la comida más maravillosa que comí desde que dejé al Toreador y el cocinero negro de Bowen J. Tyler, que podía hacer que las chuletas de cerdo supieran a pollo, y que el pollo supiera a cielo.

Capítulo VI

Después de cenar me preparé un cigarrillo y me tendí sobre una pila de pieles ante la puerta, con la cabeza de Ajor sobre mi regazo y sintiendo que me embargaba la satisfacción. Era la primera vez desde que mi avión sobrevoló los acantilados de Caspak que me sentía en paz y seguridad. Mi mano acariciaba la mejilla de terciopelo de la muchacha que había reclamado como mía, y su cabello desbordante y el broche dorado que lo sujetaba. Sus finos dedos buscaron los míos y se los llevaron a los labios, y entonces la abracé y la apretujé contra mí, cubriendo su boca con un beso larguísimo. Era la primera vez que la pasión teñía mi relación con Ajor. Estábamos solos, y la choza era nuestra hasta el amanecer.

Pero desde más allá de la empalizada, en la dirección de la entrada, llegaron gritos de hombres y las preguntas de los guardias. Escuchamos. Cazadores que regresaban, sin duda. Oímos que entraban en la aldea entre el ladrido de los perros. He olvidado mencionar a los perros de los kro-lu. La aldea rebosaba de perros, criaturas flacas y lobunas que protegían el rebaño de día cuando pastaba fuera de la empalizada, diez perros por vaca. Por la noche las vacas eran encerradas en un pequeño corral techado para protegerlas de los ataques de los gatos carnívoros; y los perros, con la excepción de unos pocos, eran traídos a la aldea: esos pocos brutos bien entrenados permanecían con el ganado. Durante el día se alimentaban de los depredadores que mataban para proteger al rebaño, así que su mantenimiento no costaba nada.

Poco después de que la conmoción en la puerta remitiera, Ajor y yo nos levantamos para entrar en la choza y al mismo tiempo un guerrero apareció en uno de los retorcidos callejones que, entre las chozas irregulares, forman las callejas de la aldea de los kro-lu. El tipo se detuvo ante nosotros y se dirigió a mí, diciendo que Al-tan requería mi presencia en su choza. La forma en que expresó la invitación y los modales del mensajero me pillaron completamente desprevenido, tan cordiales y respetuosos fueron, y el resultado fue que acudí voluntariamente, diciéndole a Ajor que regresaría en breve. Había dejado mis armas y municiones en cuanto nos entregaron la choza, y las dejé ahora con Ajor, ya que había advertido que aparte de los cuchillos de caza los hombres de Kro-lu no llevaban armas por las calles de la aldea. Había una atmósfera de paz y seguridad dentro de la aldea que yo no esperaba encontrar en Caspak, y después de lo que había vivido, debió de hechizar de algún modo mis facultades de juicio y razón. Había comido la flor de loto de la seguridad: los peligros ya no me acechaban pues habían dejado de existir.

El mensajero me condujo a través del laberinto de callejas hasta una plaza abierta cerca del centro de la aldea. En un extremo de esta plaza había una choza mucho más grande que las que había visto hasta ahora, y ante su puerta había muchos guerreros. Pude ver que el interior estaba iluminado y que gran número de hombres se congregaban en su interior. Los perros que deambulaban por la plaza eran flacos como pulgas, y a los que me acerqué evidenciaron un fuerte deseo de devorarme, pues sus hocicos sin duda advertían que yo era de una raza extraña, ya que no prestaron ninguna atención a mi acompañante.

Una vez dentro de la choza del consejo, pues eso parecía ser, encontré a un gran número de guerreros sentados, o más bien agachados, por todo el suelo. En un extremo del espacio oval que los guerreros dejaban en el centro de la sala se encontraba Al-tan con otro guerrero a quien reconocí de inmediato como un galu, y entonces vi que había muchos galus presentes. En las paredes había antorchas encendidas colocadas en agujeros de barro que evidentemente servían al propósito de impedir que la madera y las pajas de que estaba hecha la choza fueran prendidas por las llamas. Tendidos alrededor de los guerreros o deambulando inquietos de un lado a otro había un montón de perros salvajes.

Los guerreros me miraron con curiosidad cuando entré, sobre todo los galus, y entonces me condujeron al centro del grupo y me dirigieron hacia Al-tan. Mientras avanzaba sentí que uno de los perros olisqueaba mis talones, y de pronto un gran bruto saltaba a mi espalda. Mientras me volvía para apartarlo antes de que sus colmillos me hicieran daño, vi a un enorme terrier airedale saltando frenéticamente hacia mí. Las mandíbulas sonrientes, los ojos semicerrados, las orejas tendidas hacia atrás me hablaron más fuerte que podrían haber hecho las palabras del hombre y me dijeron que aquí no había ningún enemigo salvaje sino un alegre amigo, y entonces lo reconocí, y me postré sobre una rodilla y rodeé con los brazos su cuello mientras él gemía de alegría. Era Nobs, el viejo y querido Nobs. El Nobs de Bowen Tyler, que me había querido tanto como a su amo.

—¿Dónde está el amo de este perro? -pregunté, volviéndome hacia Al-tan.

El jefezuelo inclinó la cabeza hacia el galu que tenía al lado.

—Pertenece a Du-seen el galu -respondió.

—Pertenece a Bowen J. Tyler Jr., de Santa Mónica -repliqué-, y quiero saber dónde está su amo.

El galu se encogió de hombros.

—El perro es mío -dijo-. Vino a mí cor-sva-jo, y no se parece a ningún perro en Caspak, pues es amable y dócil y a la vez un matador cuando se enfada. No me separaría jamás de él. No conozco al hombre del que hablas.

¡Así que éste era Du-seen! Este era el hombre del que había huido Ajor. Me pregunté si sabía que ella estaba aquí. Me pregunté si me habían mandado llamar por eso, pero después de que comenzaran a interrogarme, me sentí aliviado: no mencionaron a Ajor. Su interés parecía centrado en el extraño mundo del que yo venía, mi viaje a Caspak y mis intenciones ahora que estaba aquí. Les respondí con sinceridad, ya que no tenía nada que ocultar y les aseguré que mi único deseo era encontrar a mis amigos y regresar a mi propio país.

En el galu Du-seen y sus guerreros vi parte de la explicación de por qué se les aplicaba el término «raza dorada», pues sus adornos y armas eran o bien de oro labrado o estaban decorados con el metal precioso. Eran un conjunto de hombres impresionante: altos y erectos y guapos. En sus cabezas llevaban bandas de oro como la de Ajor, y de sus hombros izquierdos colgaban las colas de leopardo de los galus. Además de la túnica de piel de ciervo que constituía la mayor parte de su atuendo, cada uno llevaba una manta ligera de diseño bárbaro pero hermoso: el primer indicio de tejido que yo veía en Caspak. Ajor no tenía manta ninguna, pues la había perdido durante su huida, ni estaba tan repleta de oro como los miembros machos de su tribu.

La audiencia debía durar ya casi una hora cuando Al-tan indicó que podía regresar a mi choza. Todo el tiempo Nobs había permanecido tendido a mis pies, pero en el momento en que me volví para marcharme, se levantó y me siguió. Du-seen lo llamó, pero el terrier ni siquiera miró en su dirección. Yo casi había llegado a la puerta del salón de consejos cuando Al-tan se levantó y me llamó.

—¡Alto! -gritó-. ¡Alto, extranjero! La bestia de Du-seen el galu te sigue.

—El perro no es de Du-seen -respondí-. Le pertenece a mi amigo, como te dije, y prefiere quedarse conmigo hasta que encuentre a su amo.

Y de nuevo me di la vuelta para continuar mi camino. No había dado más que unos pocos pasos cuando oí una conmoción detrás de mí, y al mismo tiempo vi a un hombre que se acercaba y me susurraba «¡Kazar!» al oído, el equivalente caspakiano a cuidado. Era To-mar. Mientras hablaba, se apartó rápidamente como no queriendo que los otros vieran que me conocía, y en el mismo momento me giré para ver cómo Du-seen avanzaba rápidamente hacia mí. Al-tan le seguía, y era evidente que los dos estaban furiosos.

Du-seen, con su arma medio desenfundada, se acercó truculentamente.

—La bestia es mía -reiteró-. ¿Quieres robarla?

—No es tuya ni mía -respondí-, y no estoy robando nada. Si el perro desea seguirte, que lo haga: no interferiré. Pero si desea seguirme a mí, lo hará, y tú no lo impedirás.

Me volví hacia Al-tan.

—¿No es eso justo? -exigí-. Que el perro elija a su amo.

Du-seen, sin esperar a la respuesta de Al-tan, extendió la mano hacia Nobs y lo agarró por el pelaje del cuello. No interferí, pues supuse lo que iba a ocurrir, como así fue. Con un salvaje gruñido Nobs se volvió como un rayo contra el galu, se soltó de su tenaza y le saltó a la garganta. El hombre dio un paso atrás y se protegió del primer ataque con un poderoso puñetazo, e inmediatamente desenvainó su cuchillo para recibir al airedale.

Y Nobs habría vuelto a atacarlo, en efecto, si yo no le hubiera hablado. En voz baja le indiqué que se sentara. Durante un instante vaciló, temblando y enseñando los colmillos a su enemigo. Pero estaba bien entrenado y había tenido tanta relación conmigo como con Bowen. De hecho, fui yo quien se encargó de su primer entrenamiento. Así que el perro camino muy despacio y estirado hasta situarse detrás de mí.

Du-seen, rojo de ira, se habría enfrentado con los dos si Al-tan no lo hubiera arrastrado a un lado y le hubiera susurrado al oído. Después de eso, con un gruñido, el galu se dirigió al extremo opuesto de la sala, mientras que Nobs y yo continuamos nuestro camino hacia la choza y Ajor.

Cuando salimos a la plaza del poblado, vi a Chal-az; estábamos tan cerca que nos podríamos haber tocado. Nos miramos a los ojos y lo saludé amablemente y me detuve a hablar con él, pero él se apartó sin hacer ademán de reconocerme. Me sorprendí por su conducta, y entonces recordé que To-mar, aunque me había advertido, al parecer no deseaba parecer amistoso conmigo. Yo no podía comprender su actitud, y estaba intentando elucubrar algún tipo de explicación, cuando la detonación de un arma de fuego apartó bruscamente el asunto de mi mente.

Eché a correr, mi cerebro vuelto un remolino de malos presagios, pues las únicas armas de fuego en el país Kro-lu eran las que yo había dejado en la choza con Ajor.

Sólo podía temer que ella estuviera en peligro, pues ahora era más o menos diestra en el manejo del rifle y la pistola, un hecho que eliminaba en gran parte la posibilidad de que el disparo hubiera sido fortuito. Cuando dejé la choza, consideraba que ambos estábamos a salvo entre amigos: ninguna idea de peligro cruzó mi mente. Pero desde mi audiencia con Altan, la presencia y el porte de Du-seen y la extraña actitud de To-mar y Cha-laz habían contribuido a despertar mis recelos, y por eso corrí entre los estrechos y serpenteantes callejones de la aldea kro-lu con el corazón desbocado.

Estoy dotado de un excelente sentido de la dirección, perfeccionado por años en las montañas y en las llanuras y desiertos de mi estado natal, así que encontré el camino de regreso a la choza donde había dejado a Ajor con poca o ninguna dificultad. Mientras entraba por la puerta, la llamé en voz alta. No hubo respuesta. Saqué una caja de cerillas de mi bolsillo y encendí una. Cuando la llama prendió, media docena de guerreros oscuros saltaron sobre mí desde muchas direcciones. Pero incluso en el breve instante en que la cerilla destelló, vi que Ajor no estaba dentro de la choza, y que mis armas y municiones habían desaparecido.

Mientras los seis hombres saltaban sobre mí, un furioso gruñido se alzó tras ellos. Me había olvidado de Nobs. Como un demonio de odio saltó entre aquellos guerreros kro-lu, rasgando, mordiendo, desgarrando con sus largos colmillos y sus poderosas fauces. Ellos me redujeron al instante, y no hace falta decir que los seis habrían podido conmigo si no hubiera sido por Nobs; pero mientras me debatía para librarme de ellos, Nobs saltó primero sobre uno y luego sobre otro hasta que estuvieron tan apurados por salvar el pellejo que sólo pudieron prestarme parte de su atención. Uno de ellos intentaba golpearme en la cabeza con su hacha de piedra, pero lo cogí por el brazo y el mismo tiempo giré sobre mi vientre. Un momento después me puse en pie.

Al hacerlo, agarré al hombre por el brazo y se lo retorcí. Entonces me incliné hacia delante y lancé a mi antagonista contra el otro lado de la choza. A la tenue luz del interior vi que Nobs ya había dado cuenta de uno de ellos, que yacía muy quieto en el suelo, mientras los cuatro restantes que permanecían en pie le golpeaban con cuchillos y hachas.

Corrí junto al hombre que acababa de poner fuera de combate, cogí su hacha y su cuchillo, y me zambullí de nuevo en la pelea. Yo no era rival para aquellos guerreros salvajes con sus propias armas, y pronto me habrían sometido a una derrota ignominiosa y a la muerte si no hubiera sido por Nobs, que por sí solo podía con los cuatro. Nunca he visto a una criatura más rápida que el gran airedale, ni una ferocidad tan espantosa como la que manifestaba en sus ataques. Fue tanto una cosa como la otra lo que contribuyó a la derrota de sus enemigos, quienes, acostumbrados como estaban a la ferocidad de criaturas terribles, parecían asombrados por la visión de esta extraña bestia de otro mundo que batallaba al lado de su amo igualmente extraño. Sin embargo, no eran cobardes, y sólo trabajando en equipo pudimos Nobs y yo vencerlos por fin. Corríamos hacia un hombre, simultáneamente, y mientras Nobs saltaba hacia él desde un lado, yo le golpeaba la cabeza con el hacha de piedra desde el otro.

Cuando el último hombre cayó, oí la carrera de muchos pies que se acercaban desde la plaza. Ser capturado ahora significaría la muerte; sin embargo, no podía intentar escapar de la aldea sin comprobar primero el paradero de Ajor y liberarla si la tenían cautiva. No estaba muy seguro de que pudiera escapar del poblado, pero una cosa estaba clara: no haría ningún servicio a Ajor ni a mí mismo si me quedaba aquí y me capturaban, así que con Nobs, ensangrentado y feliz, corriendo tras mis talones, me interné en el primer callejón y corrí hacia el extremo norte de la aldea.

Solo y sin amigos, acechado a través de los oscuros laberintos de esta salvaje comunidad, rara vez me había sentido más indefenso que en ese momento. Sin embargo, más allá de cualquier temor que pudiera haber sentido por mi propia seguridad estaba mi preocupación por la de Ajor. ¿Qué destino había corrido? ¿Dónde estaba, y en manos de quién?

Dudaba que viviera para descubrir estas respuestas, pero estaba seguro de que me enfrentaría alegremente a la muerte en el intento. ¿Y por qué? Con toda mi preocupación por el bienestar de los amigos que me habían acompañado a Caprona, y de mi mejor amigo de todos, Bowen J. Tyler, Jr., nunca había experimentado el temor casi paralizador por la seguridad de otra criatura que ahora me arrojaba alternativamente a una fiebre de desesperación y un frío sudor de aprensión, mientras mi mente reflexionaba sobre el destino de una pequeña semisalvaje cuya existencia ni siquiera había imaginado unas cuantas semanas antes.

¿Qué era este poder que ella tenía sobre mí? ¿Estaba embrujado, y mi mente se negaba a funcionar con cordura, y el juicio y la razón habían sido destronados por algún loco sentimiento que me negaba obstinadamente a considerar amor? Nunca había estado enamorado. No estaba enamorado ahora… la misma idea era ridícula. ¿Cómo podía yo, Thomas Billings, la mano derecha del difunto Bowen J. Tyler, Sr., uno de los principales industriales de América y el hombre más grande de California, estar enamorado de una., una…? La palabra se me atascó en la garganta. Sin embargo, según mis propios baremos Ajor no podía ser otra cosa; en casa, a pesar de toda su belleza, de su piel delicadamente teñida, por su aspecto, por sus hábitos y costumbres y los usos de su pueblo, por su vida, la pequeña Ajor habría sido considerada una squaw. ¡Tom Billings enamorado de una squaw! Me estremecí ante la idea.

Y entonces en mi mente apareció un súbito y brillante destello, el recuerdo de la imagen de Ajor tal como la había visto por última vez, y viví de nuevo el delicioso momento en que nos abrazamos, los labios rozando los labios, cuando la dejé para acudir al salón del consejo de Altan. Y podría haberme dado de patadas por lo esnob y lo zafio que había demostrado ser... ¡yo, que siempre me había enorgullecido de no ser ni una cosa ni la otra!

Esas cosas me pasaron por la cabeza mientras Nobs y yo recorríamos la oscura aldea, mientras las voces y los pasos de nuestros perseguidores resonaban en nuestros oídos. Estas y muchas otras cosas, pues no podía escapar al ineludible hecho de que la pequeña figura que enlazaba mis recuerdos y mis esperanzas era la de Ajor... ¡querida bárbara!

Mis reflexiones fueron interrumpidas por un ronco susurro desde el negro interior de una choza junto a la que pasábamos. Susurraron mi nombre en voz baja, y un hombre apareció a mi lado mientras yo me detenía con el cuchillo en alto. Era Chal-az.

—¡Rápido! -advirtió-. ¡Aquí dentro! Es mi choza, y no la registrarán.

Vacilé, recordando su actitud de unos minutos antes; y como si leyera mis pensamientos, él dijo rápidamente:

—No podía hablarte en la plaza sin despertar sospechas que me impidieran ayudarte más tarde, pues se había corrido la voz de que Al-tan se había vuelto contra ti y quería destruirte... Todo esto fue después de que llegara Du-seen el galu.

Lo seguí al interior de la choza, y con Nobs pegado a nuestros talones atravesamos varias cámaras hasta llegar a un remoto rincón sin ventanas donde una lamparilla chisporroteaba en batalla desigual contra la negra oscuridad. Un agujero en el techo permitía que el humo de la lámpara de aceite saliera; sin embargo, la atmósfera distaba de ser lúcida.

Cha-laz me indicó que me sentara en una piel tendida sobre el suelo de tierra.

—Soy tu amigo -dijo-. Me salvaste la vida, y no soy ningún ingrato como el batu Al-tan. Te serviré, y hay otros que te servirán contra Al-tan y este galu renegado, Du-seen.

—¿Pero dónde está Ajor? -pregunté, pues me importaba poco mi seguridad mientras ella estuviera en peligro.

—Ajor está también a salvo -respondió él-. Nos enteramos de los planes de Al-tan y Du-seen, que exigió que se la entregaran cuando se enteró de que ella estaba aquí. Al-tan le prometió que la tendría, pero cuando los guerreros fueron a por ella To-mar los acompañó. Ajor trató de defenderse. Ella mató a uno de los guerreros, y entonces To-mar la cogió en brazos cuando los otros le quitaron las armas. Le dijo a los demás que cuidaran del hombre herido, que en realidad ya estaba muerto, y que te capturaran a tu regreso, y que él, To-mar, le llevaría a Ajor a Altan. Pero en vez de hacerlo, se la llevó a su propia choza, donde está ahora con So-al, la ella de To-mar. Todo sucedió muy rápidamente. To-mar y yo estábamos en la choza del consejo cuando Du-seen intentó quitarte el perro. Yo elegí a To-mar para este trabajo. Él salió corriendo de inmediato y acompañó a los guerreros a tu choza mientras yo me quedaba para ver qué pasaba en la choza del consejo y para ayudarte si necesitabas auxilio. Lo que sucedió desde entonces, ya lo sabes.

Le di las gracias por su lealtad y le pedí que me llevara con Ajor, pero él dijo que no podía hacerse, ya que las callejas de la aldea estaban llenas de gente buscándome. De hecho, podíamos oírlos pasar de un lado a otro entre las cabañas, haciendo preguntas, y por fin Chal-az pensó que era mejor ir a la puerta de su morada, que consistía en muchas chozas unidas, para que no entraran a buscar.

Chal-az estuvo ausente durante mucho tiempo: varias horas que me parecieron una eternidad. Los sonidos de la persecución habían cesado hacía largo rato, y yo me estaba inquietando por su larga ausencia cuando lo oír regresar a través de los otros apartamentos de su morada. Cuando entró donde yo estaba, vi una expresión preocupada en su rostro.

—¿Qué ocurre? -pregunté-. ¿Han encontrado a Ajor?

—No -replicó él-, pero Ajor se ha ido. Se enteró de que tú habías escapado y que habías abandonado la aldea, creyendo que ella había escapado también. So-al no pudo detenerla. Escapó por encima de la empalizada, armada sólo con su cuchillo.

—Entonces debo irme -dije, poniéndome en pie. Nobs se levantó y se sacudió. Había estaba durmiendo como un tronco.

—Sí, debes irte de inmediato -reconoció Chal-az-. Casi ha amanecido. Du-seen saldrá entonces a buscarla.

Se inclinó y me susurró al oído:

—Hay muchos que te seguirán para ayudarte. Al-tan ha accedido a ayudar a Du-Seen contra los galus de Jor, pero muchos de nosotros nos hemos combinado para alzarnos contra Al-tan e impedir su despiadada profanación de las leyes y costumbres de los kro-lu y de Caspak. Nos elevaremos como Luata ha ordenado que nos elevemos, y sólo así. ¡Ningún batu puede ganar el estado de galu por medio de traición y por la fuerza de las armas mientras Chal-az viva y pueda descargar un fuerte golpe y clavarle una afilada lanza en la espalda!

—Espero poder vivir para ayudarte -respondí-. Si tuviera mis armas y mi munición, podría valer de mucho. ¿Sabes dónde están?

—No, han desaparecido -dijo él-. ¡Espera! No puedes ir medio armado, y vestido de esa forma. Vas a ir al país galu, y debes ir como galu. ¡Ven!

Y sin esperar respuesta, me condujo a otro apartamento, o para ser más explícito, a otra de las chozas que formaban su habitáculo celular.

Allí había una montaña de pieles, armas y adornos.

—Quítate tu extraño atuendo -dijo Chal-az-, y te equiparé como un auténtico galu. He matado a varios en las incursiones de mis primeros días como kro-lu, y estos son sus trofeos.

«Vi la sabiduría de su sugerencia, y como mis ropas estaban ya tan desgarradas que apenas ocultaban mi desnudez, no tuve ningún reparo en quitármelas. Una vez desnudo, me puse la túnica de ciervo, la cola de leopardo, la tiara dorada, los brazaletes y los adornos de las piernas de los galus, con el cinturón, la vaina y el cuchillo, el escudo, la lanza, el arco y flechas y la larga cuerda que por primera vez comprendí era el arma distintiva el guerrero galu. Es una cuerda de cuero sin curtir, no muy diferente del lazo vaquero de mi juventud. La honda es un óvalo de oro y tiene el peso adecuado para arrojar el lazo. Esta pesada honda, explicó Chal-az, se usa como arma, pues se lanza con gran fuerza y precisión al enemigo y luego se recoge para tirarla otra vez. En la caza y la batalla, ellos usan tanto el lazo como la honda. Si varios guerreros rodean a un solo enemigo, lo rodean con el lazo desde varios lados: pero un solo guerrero contra un único antagonista intentará vencer a su enemigo con el óvalo de metal.

No podría haberme sentido más satisfecho con ninguna otra arma, excepto un rifle, ya que era diestro con el lazo desde la infancia; pero he de confesar que me sentía menos favorablemente inclinado hacia mi atuendo. En lo que se refiere a la sensación, bien podría haber ido completamente desnudo, tan corta y ligera era la túnica. Cuando le pregunté a Chal-az el nombre caspakiano de la cuerda, me dijo que ga, y por primera vez comprendí la derivación de la palabra galu, que significa hombre de la cuerda.

Enteramente equipado no me habría conocido ni yo mismo, tan extraño era mi atuendo y mi armamento. De mi espalda colgaban el arco, las flechas, el escudo, y la lanza corta; del centro de mi cinto colgaba mi cuchillo, y en la cadera izquierda llevaba mi hacha de piedra, y de la izquierda la larga cuerda enrollada. Extendiendo la mano derecha sobre el hombro izquierdo podía coger la lanza o las flechas; mi mano izquierda podía encontrar mi arco por encima de mi hombro derecho, mientras que era necesario un verdadero acto de contorsionista para colocar el escudo delante de mí y en el brazo izquierdo. El escudo, largo y ovalado, se utiliza más como armadura trasera que como defensa contra un ataque frontal, pues los brazaletes de oro del antebrazo izquierdo sirven principalmente para desviar cuchillos, lanzas, hachas o flechas. Pero contra los grandes carnívoros y los ataques de varios antagonistas humanos, el escudo se usa como mejor protección y se sujeta con lazos al brazo izquierdo.

Plenamente equipado, a excepción de la manta, seguí a Chal-az a las oscuras y desiertas callejas de Kro-lu. Avanzamos en silencio, con Nobs pegado a nuestros talones, dirigiéndonos a la parte más cercana de la empalizada. Aquí Chal-az se despidió de mí, diciendo que esperaba verme pronto entre los galus, ya que sentía que la «llamada» le vendría pronto. Le di las gracias por su leal ayuda y le prometí que, alcanzara el país Galu o no, siempre estaría dispuesto a devolverle su amable gesto, y que podía contar conmigo para la revolución contra Al-tan.

Capítulo VII

Subir corriendo la inclinada superficie de la empalizada y saltar al otro lado era cuestión de un momento, o lo habría sido de no ser por Nobs. Tuve que rodearlo con la cuerda después de que llegáramos a lo alto, alzarlo por encima de las afiladas estacas y bajarlo al otro lado. Encontrar a Ajor en el territorio desconocido del norte parecía inútil, pero sólo podía intentarlo, rezando mientras tanto para que llegara sana y salva con su padre.

Mientras Nobs y yo avanzábamos bajo la creciente luz del día, me impresionó el número cada vez menor de bestias salvajes que iba encontrando cuanto más al norte me dirigía. Con la reducción de carnívoros, los herbívoros aumentaban en cantidad, aunque en cualquier parte de Caspak hay suficientes para suministrar amplia comida a los devoradores de carne de cada localidad. Las vacas salvajes, antílopes, ciervos y caballos que encontré mostraban cambios evolutivos respecto a sus primos del sur. Los cerdos eran más pequeños y menos hirsutos, los caballos más grandes. Al norte de la aldea de los kro-lu vi una pequeña manada de caballos del tamaño de los de nuestras llanuras del oeste, como los que criaban los indios en tiempos antiguos y, en menor medida, incluso hoy en día. Eran muy hermosos y esbeltos, y los contemplé con ojos ansiosos y con pensamientos que cualquier vaquero puede imaginar después de haber viajado a pie durante semanas; pero permanecían siempre alerta, y apenas me permitieron acercarme, mucho menos a tiro de lazo, aunque fue una esperanza que nunca llegué a descartar del todo.

Dos veces antes del mediodía fuimos atacados por depredadores, pero aunque yo carecía de armas de fuego, seguía teniendo amplia protección en Nobs, que evidentemente había aprendido algo de las reglas de caza caspakianas bajo la tutela de Du-seen o de algún otro galu, y por supuesto tenía mucha más experiencia. Siempre estaba alerta, e invariablemente me advertía con sus gruñidos de la proximidad de un animal carnívoro mucho antes de que yo pudiera verlo u oírlo, y cuando la bestia aparecía corría ladrando hacia él, alejándolo de mí hasta que yo me refugiaba en algún árbol; sin embargo, el voluntarioso Nobs nunca corrió peligro de ser despedazado. Corría tan rápidamente de un lado a otro que ni siquiera los velocísimos movimientos de los grandes felinos podían alcanzarlo. Lo he visto burlarse de ellos hasta que casi gritaban de furia.

El mayor inconveniente que me causaban los depredadores era el retraso, pues tenían la desagradable costumbre de mantenerme encaramado a los árboles durante una hora o más antes de cambiar de planes. Pero por fin llegamos a ver una línea de montañas que se extendía de este a oeste en nuestro camino hasta donde la vista podía alcanzar en ambas direcciones, y supe que habíamos alcanzado la frontera natural que marca la línea entre los países de los kro-lu y los galus. La cara sur de estos acantilados se alzaban hasta unos cincuenta metros, cortadas a pico, impresionantes, sin una abertura que el ojo pudiera percibir. No podía ni imaginar cómo encontrar un paso, ni sabía si encaminarme al este hacia los aún más altos acantilados que daban al océano, o al oeste, en dirección al mar interior. ¿Había muchos pasos o sólo uno? No tenía forma de saberlo. No podía sino confiarme al azar. Nunca se me ocurrió que Nobs había hecho el cruce al menos una vez, posiblemente gran número de veces, y que él podría guiarme; así, sin tener ni idea de que podría ayudarme me dirigí a él como a menudo hace un hombre solitario con un animal sin seso.

—Nobs -dije-, ¿cómo demonios vamos a cruzar estos acantilados?

No digo que me comprendiera, aunque soy consciente de que un terrier airedale es un perro muy inteligente; pero juro que pareció entenderme, pues se dio la vuelta, ladrando alegremente, y trotó hacia el oeste. Como yo no lo seguía, volvió hacia mí ladrando furiosamente, y por fin me cogió por la pantorrilla en un esfuerzo por empujarme hacia la dirección en la que deseaba que fuera. Como mis piernas estaban desnudas y las mandíbulas de Nobs son mucho más poderosas de lo que él se da cuenta, cedí y lo seguí, pues sabía que lo mismo podíamos dirigirnos al este que al oeste, pues no tenía ningún conocimiento de cuál era la dirección correcta.

Seguimos la base de los acantilados durante una considerable distancia. El terreno era ondulado y salpicado de árboles y cubierto de animales que pastaban, solos, en parejas o manadas: una dispersa reunión de herbívoros extintos y modernos. Un enorme mastodonte lanudo caminaba de un lado a otro a la sombra de un helecho gigante, un macho poderoso con enormes colmillos curvados hacia arriba. Cerca de él pastaba un macho auroc con su hembra y su ternero, cerca de un rinoceronte solitario que dormía en una charca. Ciervos, antílopes, bisontes, caballos, ovejas y cabras se veían por todas partes, y un poco más lejos un gran megaterio se alzaba sobre su enorme cola y sus patas traseras para arrancar las hojas de un alto árbol. El pasado olvidado se mezclaba con el presente... mientras Tom Billings, moderno entre modernos, pasaba vestido con el atuendo de un hombre preglaciación, y ante él trotaba una criatura de una raza que escasamente tenía sesenta años. Nobs era un recién llegado, pero eso no le preocupaba.

A medida que nos fuimos acercando al mar interior vimos más reptiles voladores y varios grandes anfibios, pero ninguno de ellos nos atacó. Cuando remontábamos un promontorio a mitad de la tarde, vi algo que me hizo detenerme de pronto. Llamé a Nobs con un susurro, le indiqué que guardara silencio y lo mantuve a mi lado mientras me tendía en el suelo y observaba, desde detrás de unos matorrales, a un grupo de guerreros que se acercaban al acantilado desde el sur. Pude ver que eran galus, y supuse que Du-seen los guiaba. Habían tomado un atajo hacia el paso y por eso me habían adelantado. Pude verlos claramente, pues no estaban muy lejos, y comprobé con alivio que Ajor no estaba entre ellos.

Las montañas que tenían delante eran entrecortadas y picudas, pues las que procedían del este solapaban los acantilados del oeste. El grupo entró en el desfiladero formado por el encuentro de ambas montañas. Cuando el último de ellos pasó y se perdió de vista, me puse en pie y corrí hacia el paso... el mismo paso hacia el que Nobs evidentemente me había estado guiando. Me acerqué con cautela, temiendo que el grupo se hubiera detenido a descansar. Si no se habían parado, no tenía miedo de que me descubrieran, pues había visto que los galus marchaban sin vanguardia, flancos o retaguardia. Cuando alcancé el paso vi una fila recta de un solo hombre, deseé ser jefe de los galus durante unas pocas semanas. Una docena de hombres podrían contener en ese estrecho paso a todas las hordas que pudieran llegar desde el sur: sin embargo, allí estaba, completamente desprotegido.

Los galus podían ser un gran pueblo en Caspak, pero eran penosamente ineficaces incluso en las formas más simples de tácticas militares. Me sorprendió que incluso un hombre de la Edad de Piedra careciera tanto de perspicacia militar. Du-seen cayó muchos puntos en mi estima cuando vi la desordenada formación de su tropa al atravesar un territorio enemigo y entrar en los dominios del jefe contra el que se había levantado en armas; pero Du-seen debía conocer al jefe Jor y sabía que éste no le estaría esperando en el paso. Sin embargo, corría riesgos innecesarios. Con un escuadrón de una compañía cualquiera yo podría haber conquistado Caspak.

Nobs y yo los seguimos hasta la cumbre del paso, y allí vimos que el grupo entraba en el país galu, que se encontraba a más de quince metros por debajo de la cumbre de las montañas y a unos cincuenta metros por encima de los adyacentes territorios kro-lu. El paisaje cambió inmediatamente. Los árboles, las flores y los matorrales eran más recios, y advertí que de noche la manta galu podía ser casi una necesidad. Entre los árboles predominaban acacias y eucaliptos, aunque había robles y álamos e incluso pinos y abetos y hemlocks. La vida vegetal era desbordante. Los bosques eran densos y poblados por árboles enormes. Desde lo alto de la montaña pude ver bosques alzándose a docenas de metros por encima del nivel donde me encontraba, e incluso en la distancia advertí que los troncos tenían un tamaño gigantesco.

Por fin había llegado al país galu. Aunque no concebido en Caspak, me había convertido en efecto en un cor-sva-jo: desde el principio había ido subiendo por los terribles horrores de las esferas inferiores de la evolución caspakiana, y no podía sino sentir parte del júbilo y el orgullo que habían llenado a To-mar y So-al cuando advirtieron que les había llegado la llamada y que estaban a punto de elevarse del estatus de band-lus al de kro-lus. Me alegré de no ser un batu.

¿Pero dónde estaba Ajor? Aunque mis ojos escrutaban el paisaje, no veía más que a los guerreros de Du-seen y las bestias de los campos y el bosque. Rodeadas de bosques, podía ver amplias praderas que salpicaban el terreno hasta donde alcanzaba la vista; pero por ninguna parte había rastro de la pequeña ella galu, la amada ella por quien habría dado mi mano derecha.

Nobs y yo teníamos hambre. No habíamos comido desde la noche anterior, y bajo nosotros había ciervos, ovejas, todo lo que pudiera antojársele a un cazador ansioso. Así que bajamos por el sendero, y arrastrándome seguido por Nobs, llegué hasta una pequeña manada de ciervos rojos que pastaban en la linde de una llanura, cerca de un bosque. Había cobertura de sobra, entre árboles solitarios y matojos, por lo que no encontré ninguna dificultad para acechar a sotavento hasta situarme a quince metros de mi presa: una cierva grande y esbelta acompañada por un cervatillo. Eché enormemente en falta mi rifle. Nunca en mi vida había disparado una flecha, pero sabía cómo se hace, y tras colocarla en la cuerda, apunté con cuidado y la lancé. En el mismo momento, llamé a Nobs y me puse en pie de un salto.

La flecha alcanzó a la cierva en el costado, y en el mismo instante Nobs saltó sobre ella. Intentó escapar mientras los dos la perseguíamos, Nobs con sus grandes colmillos desnudos y yo con la lanza corta preparada. El resto de la manada se dispersó rápidamente, pero la cierva herida se retrasó, y en un momento Nobs la alcanzó y saltó a su garganta. La derribó mientras yo me acercaba, y la rematé con mi lanza.

No pasó mucho tiempo antes de que tuviera una hoguera ardiendo y un filete asándose, y mientras yo preparaba mi propio festín, Nobs se atracaba de venado crudo. Nunca he disfrutado tanto de una comida.

Durante dos días busqué infructuosamente a Ajor de un lado a otro por todo el mar interior y hasta la barrera de acantilados, siempre tendiendo hacia el norte, pero no vi ni rastro de ningún ser humano, ni siquiera la banda de guerreros galu a las órdenes de Du-seen. Y entonces comencé a sentir recelos. ¿Había dicho la verdad Chal-az cuando me dijo que Ajor había abandonado la aldea de los kro-lu? ¿Podría haber estado siguiendo las órdenes de Al-tan, en cuyo salvaje corazón podría haber florecido alguna pequeña chispa de vergüenza por hacer intentado matar a alguien que se había hecho amigo de un guerrero kro-lu, un invitado que no había causado ningún daño a la raza kro-lu, y por eso me había enviado a una misión inútil con la esperanza de que las bestias salvajes hicieran lo que Al-tan vacilaba en hacer? No lo sabía, pero cuanto más lo pensaba, más convencido estaba de que Ajor no había abandonado la aldea kro-lu. Pero si no había sido así, ¿por qué había continuado Du-seen su viaje sin ella? Era un enigma que no podía resolver.

Al segundo día de mi experiencia en el país galu encontré a un puñado de magníficos caballos, si es que alguna vez he visto alguno. Eran bayos oscuros con caras manchadas y perfectos círculos de blanco en el lomo. Sus patas eran blancas hasta las rodillas. De altura tendrían unos dieciséis palmos, las yeguas un poco más pequeñas que los garañones, de los cuales había tres o cuatro en esta manada de cien, donde había muchos potros y caballos medio crecidos. Sus marcas eran casi idénticas, lo que indicaba una pureza de raza que podía haber persistido desde hacía largas eras. ¡Si yo había ansiado uno de los pequeños ponis del país de los kro-lu, imaginen mi estado de ánimo cuando encontré estas magníficas criaturas! En cuanto las atisbé decidí poseer una de ellas. No tardé mucho en seleccionar a un joven y hermoso garañón; de cuatro años, supuse.

Los caballos pastaban cerca de la linde del bosque donde Nobs y yo estábamos ocultos, mientras que el terreno entre nosotros y ellos estaba salpicado de macizos de arbustos que ofrecían un escondite perfecto. El garañón que yo había elegido pastaba con una hembra y dos potrillos un poco apartados del resto de la manada, más cerca del bosque y de mí.

—¡Espera! -le susurré a Nobs, y el perro se aplastó contra el suelo y supe que no se movería hasta que lo llamara, a menos que me atacaran desde atrás. Con cuidado me arrastré hacia mi presa, y llegué sin ser advertido hasta un matorral situado a no más de seis metros de él. Aquí preparé con cuidado mi lazo, abriéndolo en el suelo.

Apartarme del matorral y lanzarlo directamente desde el suelo, que es el estilo en el que soy más diestro, no requeriría más que un instante, y en ese instante el garañón sin duda echaría a correr en dirección opuesta. Entonces tendría que girar cuando yo le sorprendiera, y al hacerlo sin duda se alzaría sobre sus patas traseras y alzaría la cabeza, presentando un blanco perfecto para mi lazo cuando girara.

Sí, lo tenía bien planeado, y esperé a que se volviera en mi dirección. Por fin quedó claro que iba a hacerlo, cuando al parecer sin causa la yegua alzó la cabeza, relinchó y echó a trotar en dirección contraria, seguida inmediatamente, por supuesto, por los potrillos y mi semental. Por un momento pareció que mi última esperanza había quedado deshecha, pero poco después su temor (si temor era) pasó, y continuaron pastando de nuevo a un centenar de metros más allá. Esta vez no había matorrales cerca, y no podía acercarme. A menos de doce metros soy un excelente lacero, a quince soy bueno, pero más allá sabía que sería cuestión de suerte que consiguiera colocar mi lazo alrededor de aquel hermoso cuello arqueado.

Mientras debatía la cuestión en mi mente, casi estuve a punto de intentar el tiro largo. Tenía cuerda en abundancia, pues el arma galu tenía más de dieciocho metros de longitud. ¡Cómo eché de menos los collies del rancho! A una palabra habrían rodeado el pequeño y lo habrían empujado directamente hacia mí; y luego se me pasó por la cabeza que Nobs había corrido con aquellos collies todo un verano, que había ido a los pastos con ellos tras las vacas cada tarde y había participado para conducirlas a los establos, y lo había hecho inteligentemente. Pero Nobs nunca lo había hecho solo, y había pasado más de un año. Sin embargo, era más probable que yo fallara con el lazo a que Nobs no cumpliera su parte si le daba la oportunidad.

Tras haber tomado la decisión, regresé con Nobs y le hice acompañarme hasta un gran matorral cerca de los cuatro caballos. Aquí podíamos ver directamente entre los matojos, y señalando a los animales le susurré a Nobs:

—¡A por ellos, muchacho!

Se puso en marcha en un instante, corriendo hacia el centro del grupo. Los caballos lo vieron casi inmediatamente y echaron a correr para huir de él; pero cuando vieron que el perro les daba una amplia ventaja se detuvieron de nuevo, aunque se quedaron mirándolo, con las cabezas altas y los hocicos temblando. Fue una visión maravillosa. Y entonces Nobs se situó tras ellos y trotó lentamente hacia mí. No ladró, ni los asaltó atropelladamente, y cuando se acercó más, redujo la marcha. Las espléndidas criaturas parecían más curiosas que temerosas, y no hicieron ningún intento por escapar hasta que Nobs estuvo bastante cerca de ellas; entonces se marcharon trotando lentamente, pero cada uno por su lado.

Y entonces empezaron los problemas y la diversión. Nobs, por supuesto, intentó alcanzarlos, y parecía haber seleccionado al garañón, pues no prestó atención a los demás, porque tenía suficiente inteligencia para saber que un perro solo se podía gastar las patas antes de poder alcanzar a cuatro caballos que no deseaban ser alcanzados. El garañón, sin embargo, no pensaba lo mismo, y el resultado fue una buena carrera como nunca he visto otra. ¡Dios, cómo corría ese caballo! Parecía cortar el aire con un esfuerzo mínimo, y a sus cascos corría Nobs, haciendo todo lo posible por alcanzarlo. Ahora ladraba, y dos veces saltó hacia el flanco del semental; pero esto le costó mucho esfuerzo y perdió terreno, ya que cada vez fue derribado por el impacto. Sin embargo, antes de que desaparecieran tras un promontorio estuve seguro de que la persistencia de Nobs estaba dando frutos; me pareció que el caballo cedía un poco a la derecha. Nobs estaba entre él y la manada principal, hacia la que habían huido la yegua y los potrillos.

Mientras esperaba el regreso de Nobs, no pude sino especular sobre mis posibilidades si me atacaba alguna bestia formidable. Estaba a cierta distancia del bosque y armado con armas cuyo uso no dominaba, aunque había practicado un poco con la lanza desde que dejé el país de los kro-lu. ¡He de admitir que mis pensamientos no eran agradables, y que bordeaban casi la cobardía, hasta que pensé que la pequeña Ajor estaba en esta misma tierra y armada sólo con un cuchillo! Inmediatamente me sentí avergonzado; pero al reflexionar sobre el asunto, he llegado a la conclusión de que mi estado mental era influenciado enormemente por mi cuasidesnudez. Si nunca han deambulado ustedes a la luz del día vestidos con un trozo de piel de ciervo de longitud inadecuada, no pueden comprender la sensación de futilidad que lo embarga a uno. Las ropas, para un hombre acostumbrado a llevarlas, imparten cierta autoconfianza; la falta de ropas induce al pánico.

Pero ninguna bestia me atacó, aunque vi varias formas amenazantes pasar por los oscuros pasillos del bosque. Por fin empecé a preocuparme por la prolongada ausencia de Nobs, y a temer que le hubiera sucedido algo. Estaba recogiendo mi cuerda para ir en su busca, cuando vi al garañón aparecer casi en el mismo punto donde había desaparecido, con Nobs pegado a sus talones. Ninguno de los dos corría tan furiosa ni tan rápidamente como la última vez que los vi.

Cuando se acercó a mí, vi que el caballo jadeaba, pero insistía en su esfuerzo, y Nobs también. El espléndido perro empujaba a mi presa hacia mí.

Me agazapé tras el matorral y preparé el lazo para lanzarlo. Cuando los dos se aproximaron a mi escondite, Nobs redujo la velocidad, y el garañón, evidentemente contento de poder respirar, pasó al trote. Pasó junto a mí a este paso; lancé la cuerda; la honda, bien colocada, mantenía abierto el lazo, y el precioso bayo metió la cabeza.

Al instante intentó girarse. Me rodeé la cintura con la cuerda y lo detuve. Dando marcha atrás y debatiéndose, el caballo luchó por su libertad mientras Nobs, jadeando y con la lengua fuera, se tumbaba cerca de mí. Parecía saber que su trabajo había terminado y que se había ganado su descanso. El garañón estaba agotado, y después de unos minutos de pugna se quedó quieto con las patas abiertas, el hocico dilatado y los ojos espantados, observándome mientras me acercaba a él recogiendo la cuerda. Una docena de veces retrocedió mientras me acercaba, pero siempre le hablé para tranquilizarlo y después de una hora de esfuerzo conseguí alcanzar su cabeza y acariciarle el hocico. Entonces recogí un puñado de hierba y se la ofrecí, sin dejar de hablarle con voz baja y tranquilizadora.

Yo esperaba una gran batalla, pero al contrario su doma me pareció sencilla. Aunque salvaje, el caballo era noble, y de una inteligencia tan notable que pronto descubrió que yo no tenía ninguna intención de hacerle daño. Después de eso, todo fue fácil. Antes de que terminara el día, le enseñé a quedarse quieto mientras le acariciaba la cabeza y los flancos, y a comer de mi mano, y tuve la satisfacción de ver morir la luz del miedo en sus ojos grandes e inteligentes.

Al día siguiente improvisé un ronzal con un trozo de mi larga cuerda galu, y monté en el caballo preparado para una pelea de proporciones titánicas de la que no estaba demasiado seguro de salir victorioso, pero él nunca hizo el menor esfuerzo por desmontarme, y a partir de entonces su educación fue rápida. Ningún caballo aprendió más velozmente el significado de la rienda y la presión de las rodillas. Creo que pronto aprendió a quererme, y sé que yo lo quería: Nobs y él eran los mejores amigos. Lo llamé As. Tuve un amigo en las escuadrillas francesas, y cuando As echaba a correr, desde luego volaba.

No puedo explicarles, ni podrán comprenderlo, a menos que sean jinetes, la abrumadora sensación de felicidad que me inundó desde el momento en que comencé a cabalgar a As. Era un hombre nuevo, imbuido de una sensación de superioridad que me llevó a sentir que podía ir al norte y conquistar todo Caspak yo solo. Ahora, cuando necesitaba carne, montaba en As y la laceaba, y cuando alguna gran bestia con la que no podíamos enfrentarnos nos amenazaba, escapábamos galopando hasta lugar seguro. Pero en su mayor parte las criaturas que nos encontrábamos nos miraban aterrorizadas, pues As y yo combinados dábamos forma a una bestia nueva e inusitada, más allá de su experiencia e instinto.

Durante cinco días recorrí a caballo el extremo sur del país galu sin ver un ser humano: sin embargo, todo el tiempo me fui dirigiendo lentamente hacia el norte, pues estaba decidido a peinar todo el territorio en mi búsqueda de Ajor. Pero al quinto día, cuando salíamos de un bosque, vi a cierta distancia una figura solitaria y pequeña perseguida por muchas otras. Instantáneamente reconocí a la presa como Ajor. Todo el grupo estaba a más de un kilómetro de distancia. Ajor corría a unos pocos cientos de metros por delante de sus perseguidores. Uno de ellos le llevaba ventaja a los demás, y le ganaba terreno rápidamente. Con una palabra y una leve presión de las rodillas, hice que As echara a correr, y seguidos por Nobs, nos dirigimos hacia ella.

Al principio ninguno nos vio: pero cuando nos acercamos a Ajor, el grupo que seguía al primer perseguidor nos descubrió y exhaló un alarido como no he oído jamás. Todos eran galus, y pronto reconocí al que iba delante como Du-seen. Casi había alcanzado a Ajor ya, y con una sensación de terror como nunca había experimentado antes, vi que corría con el cuchillo en la mano, y que su intención no era capturarla, sino matarla. No pude comprenderlo, pero sólo pude instar a As a correr más, y de la manera más noble respondió la maravillosa criatura a mis demandas. Si alguna vez una criatura de cuatro patas se ha acercado a lo que es volar, fue As aquel día.

Du-seen, concentrado en su brutal plan, todavía no nos había advertido. Estaba a un paso de Ajor cuando As y yo nos interpusimos entre ellos, y yo, inclinándome a la derecha, cogí a mi pequeña bárbara con el hueco del brazo y la subí a la grupa de mi glorioso As. La habíamos arrancado de las zarpas de Du-seen, que se detuvo, asombrado y furioso. También Ajor estaba asombrada, ya que como habíamos aparecido en diagonal tras ella no tenía ni idea de que estábamos cerca hasta que la aupé a la grupa de As.

La pequeña salvaje se volvió con el cuchillo desenvainado, pensando que yo era algún nuevo enemigo, pero entonces sus ojos encontraron mi rostro y me reconocieron. Con un pequeño sollozo me rodeó el cuello con sus brazos, sollozando:

—¡Mi Tom! ¡Mi Tom!

Y entonces As se hundió en lodo hasta los ijares, y Ajor y yo caímos por encima de su cabeza. Había tropezado en uno de los numerosos arroyos que cubren Caspak. A veces son pequeños lagos, otras no son más que charcos diminutos, y a menudo son lodazales, como era éste cubierto de hierbas que ocultaban su traicionera identidad. Fue un milagro que As no se hubiera roto un remo, tan rápido iba cuando cayó; pero no lo hizo, aunque con cuatro patas sanas no podía salir del lodazal.

Ajor y yo habíamos caído boca abajo en las hierbas y por eso no nos habíamos hundido demasiado, pero cuando intentamos levantarnos, descubrimos que no había pie, y un momento después vimos que Du-seen y sus guerreros se aproximaban. No había huida. Era evidente que estábamos condenados.

—¡Mátame! -suplicó Ajor-. Déjame morir a tus amadas manos antes que bajo el cuchillo de ese ser odioso, pues me matará. Ha jurado matarme. Anoche me capturó, y cuando más tarde quiso hacerme suya, lo golpeé con mis puños y le clavé mi cuchillo, y luego escapé, dejándolo lleno de dolorida furia y frustrado deseo. Hoy me buscó y me encontró, y mientras huía, Du-seen me persiguió gritando que iba a matarme. Mátame tú, mi Tom, y luego cae sobre tu propia lanza, pues te matarán horriblemente si te capturan con vida.

Yo no podía matarla… no hasta el último momento. Y así se lo dije, y que la amaba, y que hasta que llegara la muerte, viviría y lucharía por ella.

Nobs nos había seguido hasta la ciénaga y lo había hecho bastante bien, pero cuando se acercó a nosotros también él se hundió hasta el vientre y sólo pudo forcejear. En esta situación estábamos cuando Du-seen y sus seguidores se acercaron al borde del horrible pantano. Vi que Al-tan estaba con él y muchos otros guerreros kro-lu. La alianza contra el jefe Jor, por tanto, se había consumado, y esta horda marchaba ya contra la ciudad galu. Suspiré al pensar lo cerca que había estado no sólo de salvar a Ajor, sino a su padre y a su pueblo de la derrota y la muerte.

Más allá del pantano había un denso bosque. Si lo hubiéramos alcanzado, habríamos estado a salvo: pero bien podría haberse encontrado a cien kilómetros como a cien metros de aquel charco escondido de lodo pegajoso.

Du-seen y su horda se detuvieron al borde del pantano para burlarse de nosotros. No podían alcanzarnos con sus manos, pero a una orden de Du-seen prepararon sus flechas, y vi que el fin había llegado. Ajor se apretujó contra mí, y la rodeé con mis brazos.

—Te quiero, Tom -dijo-, sólo a ti.

Mis ojos se llenaron de lágrimas entonces, no lágrimas de autoconmiseración por mi situación, sino lágrimas porque mi corazón se llenó de un gran amor… un amor que ve el sol de su vida y de su amor poniéndose incluso cuando sale.

Los renegados galus y sus aliados kro-lu esperaron a que Du-seen diera la orden que enviará una avalancha de afilada muerte contra nosotros. Entonces, desde el bosque, oímos la música más dulce que hayan oído jamás los oídos del hombre: una brusca descarga de al menos dos docenas de rifles disparando rápidamente a discreción. Los guerreros galus y kro-lu cayeron como conejos ante aquella mortífera descarga.

¿Qué podía significar? Para mí sólo una cosa, que Hollis y Short y los demás habían escalado los acantilados y habían llegado al norte del país galu por el lado opuesto de la isla a tiempo para salvarnos a Ajor y a mí de una muerte segura. No necesitaba ninguna presentación para saber que los hombres que empuñaban aquellos rifles eran los hombres de mi propia partida; y cuando, unos pocos minutos más tarde, ellos salieron de su escondite, mis ojos verificaron mis esperanzas. Estaban allí, todos ellos, y con ellos un millar de esbeltos y erectos guerreros de la raza galu. Por delante de los demás llegaron dos hombres con atuendos de galu. Cada uno de ellos era alto y recto y maravillosamente musculado; sin embargo, diferían entre sí como As podría diferir de un espécimen perfecto de otra especie.

Cuando se acercaron a la ciénaga, Ajor extendió los brazos y exclamó:

—¡Jor, mi jefe! ¡Mi padre!

Y el mayor de los dos se hundió en barro hasta las rodillas para rescatarla, y entonces el otro se acercó y me miró a la cara, y sus ojos se abrieron de asombro, como se abrieron los míos, y grité:

—¡Bowen! ¡Por los santos del cielo, Bowen Tyler!

Era él. Mi búsqueda había terminado. A mi alrededor estaban mi compañía y el hombre por quien habíamos explorado un nuevo mundo.

Cortaron troncos del bosque y prepararon un camino antes de poder sacarnos del pantano, y luego regresamos a la ciudad de Jor, el jefe galu, y hubo gran alegría cuando Ajor volvió a casa montada en la brillante espalda del garañón As.

Tyler y Hollis y Short y todo el resto de los americanos casi nos quedamos boquiabiertos cuando emprendimos la caminata de vuelta a la aldea, y durante días permanecimos allí. Ellos me contaron cómo habían cruzado en cinco días la barrera de acantilados, trabajando veinticuatro horas al día en tres turnos de ocho horas con dos relevos por cada turno alternándose cada media hora. Dos hombres con taladradoras eléctricas impulsadas por la dinamo del Toreador abrieron dos agujeros separados por cuatro palmos en la cara del acantilado y en el mismo plano horizontal. Los agujeros se curvaban levemente hacia adentro. En estos agujeros insertaron las varas de hierro que habíamos traído como parte de nuestro equipo y para ese propósito, sobresaliendo aproximadamente un palmo de la pared de roca, y sobre estas dos varas colocaron una tabla, y luego el siguiente turno, subido al siguiente nivel, taladró otros dos agujeros sobre la nueva plataforma, y así sucesivamente.

Durante la noche los reflectores del Toreador iluminaban el acantilado en el lugar donde trabajaban las taladradoras, y al ritmo de tres metros por hora llegaron a la cima al quinto día. Arriaron cuerdas, ataron los bloques a los árboles de arriba, y los burdos ascensores se pusieron en marcha, de modo que a la noche del quinto día todo el grupo, con la excepción de los hombres necesarios para tripular el Toreador, estuvieron dentro de Caspak con abundancia de armas, munición y equipo.

. A partir de entonces, se abrieron paso hacia el norte buscándome, después de un vano y peligroso esfuerzo por entrar en el país infectado de horribles reptiles al sur. Como llevaban gran cantidad de armas, no perdieron ningún hombre, pero su camino quedó alfombrado de cadáveres de criaturas que se habían visto obligados a matar en su camino al extremo norte de la isla, donde encontraron a Bowen y su esposa entre los galus de Jor.

La reunión de Bowen y Nobs fue marcada por una frenética exhibición por parte de Nobs, que casi desnudó a Bowen de las exiguas ropas que los galus le habían dado.

Cuando llegamos a la ciudad galu, Lys La Rué estaba esperando para darnos la bienvenida. Ahora era la esposa de Tyler, ya que el capitán del Toreador los había casado el mismo día en que el grupo los encontró, aunque ni Lys ni Bowen querrían admitir que ninguna ceremonia civil o religiosa podría haber hecho más sagrados los lazos con los que Dios los había unido.

Ni Bowen ni el grupo del Toreador habían visto rastro de Bradley y su partida. Llevaban tanto tiempo perdidos ya, que habían perdido toda esperanza de encontrarlos. Los galus habían oído rumores de ellos, igual que los kro-lu y los band-lu del oeste; pero ninguno los había visto desde que dejaron Fuerte Dinosaurio meses atrás.

Descansamos en la aldea de Jor durante quince días mientras nos preparábamos para el viaje al sur, hasta el sitio donde el Toreador nos esperaba en la costa. Durante estas dos semanas Chal-az llegó desde el país Kro-lu, ahora convertido en un galu pleno. Nos dijo que el resto del grupo de Al-tan habían muerto cuando intentaron regresar a los kro-lu. Chal-az fue nombrado jefe, y cuando se elevó, dejó la tribu al mando de un nuevo jefe a quien todos respetaban.

Nobs se quedó con Bowen, pero As y Ajor y yo fuimos muchas veces de paseo por el maravilloso país galu. Chal-az había traído mis armas y municiones, pero mis ropas habían desaparecido, y no las eché de menos cuando me acostumbré al libre atuendo de los galu.

Por fin llegó el momento de nuestra partida: A la mañana siguiente nos encaminaríamos al sur y el Toreador y la querida California. Yo le había pedido a Ajor que viniera con nosotros, pero su padre se negó a atender la sugerencia. Ninguna súplica pudo hacerle cambiar su decisión: Ajor, la cos-ata-lo, de quien podría brotar una nueva y más grande raza caspakiana, no podía marcharse. Podía quedarme con cualquier otra ella entre los galus… ¡pero no con Ajor!

La pobre chiquilla estaba desolada. En cuanto a mí, advertía lentamente el poder que Ajor tenía sobre mi corazón y me pregunté cómo podría vivir sin ella. Mientras la abrazaba aquella última noche, traté de imaginar cómo sería la vida sin ella, pues por fin había comprendido que la amaba: amaba a mi pequeña bárbara, y cuando por fin me separé de ella y fui a mi propia choza a arrancar unas cuantas horas de sueño antes de partir, me consolé con la idea de que el tiempo sanaría la herida y en mi tierra nativa encontraría una compañera que sería para mí todo y más de lo que podría ser la pequeña Ajor: una mujer de mi propia raza y cultura.

Amaneció más rápido de lo que habría deseado. Me levanté y desayuné, pero no vi a Ajor por ninguna parte. Era mejor, pensé, que me marchara sin sentir el dolor de una última despedida. El grupo se preparó para la marcha, con una escolta de guerreros galus dispuesta a acompañarnos. Ni siquiera fui capaz de acercarme al corral de As y despedirme de él. La noche antes, se lo había regalado a Ajor, y ahora en mi mente los dos parecían inseparables.

Por fin nos pusimos en camino, y bajamos la calle flanqueada por casas de piedra y atravesamos la gran abertura en la muralla de piedra que rodea la ciudad y continuamos hacia el claro, en dirección al bosque que debíamos atravesar para llegar a la frontera norte de Galu antes de girar al sur.

En la linde del bosque miré hacia atrás, a la ciudad donde estaba mi corazón, y tras la enorme puerta vi algo que me hizo detenerme en seco. Era una figura pequeña, apoyada contra uno de los grandes postes que sujetaban la puerta: una figurita encogida, e incluso desde esta distancia pude ver que sus hombros se estremecían entre sollozos. Fue la gota que colmó el vaso.

Bowen estaba a mi lado.

—Adiós, viejo amigo -dije-. Me vuelvo.

Él me miró, sorprendido.

—Adiós, amigo -dijo-. Sabía que acabarías haciéndolo.

Y así volví y tomé a Ajor en mis brazos y besé las lágrimas de sus ojos, y la hice sonreír, mientras contemplábamos juntos a los últimos americanos desaparecer en el bosque.